KB125787

# 노인을 죽여야 노인이 산다

국립중앙도서관 출판시도서목록(CIP)

노인을 죽여야 노인이 산다 / 홍순창 지음. -- 서울 : 이채, 2010
p. ; cm

ISBN 978-89-88621-82-0 03810 : ₩10,000

노인 문제[老人問題]
노인 복지[老人福祉]

338.6-KDC5
362.6-DDC21 CIP2010001551

# 노인을 죽여야 노인이 산다

초판 1쇄 인쇄 / 2010년 5월 7일
초판 1쇄 발행 / 2010년 5월 13일

지은이 / 홍순창
펴낸이 / 한혜경
펴낸곳 / 도서출판 異彩(이채)
주소 / 135-100 서울특별시 강남구 청담동 68-19 리버뷰 오피스텔 1110호
출판등록 / 1997년 5월 12일 제 16-1465호
전화 / 02)511-1891, 512-1891
팩스 / 02)511-1244
e-mail / yiche7@dreamwiz.com


ISBN 978-89-88621-82-0 03810

※값은 뒤표지에 있으며, 잘못된 책은 바꿔드립니다.

# 노인을 죽여야 노인이 산다

홍순창 지음

이채

## 책을 시작하며

책 쓴 동기가 있다. 시간을 다투는 방송국에서 직원들에게 필요한 자료를 요구하면 모두 해결해 줘 내가 컴퓨터 자판을 두드릴 기회가 없었고 그러다 보니 소위 컴맹이 되었다. 컴맹으로 자랑스럽게(?) 지내다 정년퇴직 3개월 앞두고 회사에 고마움을 전하고 싶어 내 가족을 지켜준 얘기, 근무하며 후배 PD가 난처한 일을 당했을 때 해결해 준 뒷이야기들을 '가슴에 묻은 이야기'란 제목으로 독수리타법으로 KBS 사내(社內) 인터넷 게시판에 올린 적이 있었다. 그런데 사내에서 생각지도 못하게 직원들 반응이 무척 커 인터넷의 위력을 처음 알게 되었다.

정년퇴직 준비할 즈음 방송국 부근에 있는 친구 사무실에 짐을 갖다 놓곤 했다. 내가 퇴직 준비를 어떻게 하는지 궁금해 하던 후배 PD들이 이곳을 찾아와 30여 년간 모은 노인 자료들을 보더니 노인인구 증가로 사회적 문제가 심각하니 내게 책을 한번 써 보라고 권했다. 처음엔 퇴직 준비하느라 생각이 없었는데, (초)고령사회에 노인문제를 풀어가는 방법이 '아이디어'에서 출발한다는 것을 얘기하고자 졸작을 적어 보게 된 것이다.

### (초)고령사회는 아이디어가 알파이자 오메가

이제는 아이디어 시대다. 아이디어는 생각과 적은 돈만으로도 막대한 효과를 거둘 수 있게 해 준다. 낡고, 시대에 뒤떨어졌던 것들이 아이디어라는 옷을 입고 새롭게 태어나고 있다. 그 예로 구세대라고 밀려나던 '서커스'가 현대적인 감각을 가미해 세계적으로 문화적인 충격을 일으켰다. 우리나라에서도 성공한 캐나다의 '태양의 서커스'가 그것이다. 옛날의 '두드리기' 문화를 현대적으로 재해석한 '난타'도 국내는 물론 외국인들의 관광 필수 코스가 되고 있지 않은가.

이제 낡은 이미지의 노인들에게도 아이디어로 역동적이고 젊음을 입혀 사회에 도움을 주는 노인으로 거듭나게 해야 한다. 그러기 위해서는 '낡은 사고와 케케묵은 이미지의 노인'을 죽여야만 한다.

방송국 쇼·오락 프로듀서로 34년 동안 프로그램을 제작하면서 형님과 약속을 지키려고 앞만 보고 몇 년간 노인 프로그램을 고집했고, 미련스럽게도 그것은 몇 십 년간 노인복지에 대한 자원봉사로 이어졌다.

막강한 인맥도, 재산도 없던 내가 노인복지 일을 오랫동안 한 것은 오로지 '아이디어'였다. 30여 년간 몰두했던 노인복지 일들이 어떤 생각에서 시작되었고, 어떤 아이디어로 추진되었는지를 이야기함으로써 (초)고령사회를 대비하고 노인복지, 나아가 노인산업과 가족을 지켜주고 싶었고 가정의 방파제 역할을 하는 '효(孝)'도 이제는 아이디어가 있어야 가능하다는 사실을 전하고 싶었다.

사람들은 노인들을 고집불통에 말이 안 통하는 사람들이라고 생각하고, 젊은이와 노인은 섞일 수 없다고 여긴다. 시대 흐름에 맞춰 고리타분한 '수직적 효'와 젊은이들도 함께할 '수평적 효' 문화를 씨줄과 날줄처럼 엮어 나간다면 한류 차원에서 효문화를 국가 브랜드로 수출해 선진국들도 부러워하는 효문화의 우수성을 전파할 수 있을 것이다.

폭발적 노인인구의 증가로 이 분야에 관심 있는 정책 담당자, 기업인, 전문직 종사자, 학계, 단체, 가족 등에게 조금이나마 도움이 되고자 방송제작과 노인복지 일을 해 본 경험으로 이 책을 썼다.

이제는 노인문제에 많은 사람들이 관심을 갖고 변화하는 모습을 보이는 것은 다행스럽다. 하지만 여러 분야의 사람들이 노인사회에 관심을 갖고 변화를 이끄는 생각과 행동은 고령화 속도를 좇아가지 못하고 있다.

독자들께서 이 책을 통해 (초)고령사회에 아이디어로 노인문제를 조금이라도 풀어가는 데 도움이 된다면 더없이 기쁜 일이 될 것이다.

2010년 4월 20일 여의도에서

홍순창

# 차 례

## 2부 한국의 효문화, 국가 브랜드로 만들자



## 3부 (초)고령사회, 아이디어로 풀자



## 4부 원칙과 방송국 34년

# 1부

## KBS 쇼·오락 프로듀서, 노인들과 외도하다!

# 대통령을 만나다

1986년 9월 20일, 집으로 한 통의 전화가 걸려 왔다. 전화를 건 사람은 청와대 모 비서관이라고 자신의 신분을 밝혔다. 청와대? 당연히 깜짝 놀랄 수밖에 없었다. 1986년이면 전두환 대통령 시대다. 그야말로 나는 새도 떨어뜨린다는, 이른바 '신군부'가 정권을 잡은 시대가 아닌가.

**홍 PD, 만나고 싶다 했어요**

평소 집에 전화가 올 곳은 가족과 친척들, 아니면 방송국에서 긴급한 연락사항 정도다. 아니면 밤늦게 술 취한 사람들이 잘못 거는 전화가 전부인데, 청와대에서 일개 방송국 PD인 내게 왜 전화를 했을까? 혹시나 누가 장난치는 것은 아닐까?

"각하께서 홍 PD를 독대하고 싶어 하십니다. 9월 ㅇ일 ㅇ시까지 청와대로 오십시오."

반신반의하면서 도저히 현실 같지 않은 전화를 받았는데, 비서관은 면담 예정일 전에 무슨 일이 있으면 사무실로 연락하라며 전화번호를 알려줬다. 그러면서 이 사실을 주위에 절대 얘기하지 말라고 보안을 신신당부했다. 갈수록 머릿속이 더 복잡해졌다. 대통령이 나를 독대하고 싶어 한다? 게다가 주위에는 절대로 얘기하지 말고 비밀에 부치라니. 내가 무슨 첩보원도 아니고 말이다.

방송국 근무하며 KBS 사장 얼굴 한번 보기도 힘든 직원이 대통령과 개인면담이라니. 며칠 동안 밤잠을 설치다 약속된 날짜가 되어 청와대로 향했다. 청와대에 도착하니 비서관은 면담이 30분 정도 진행될 거라고 사전에 일러줬다. 나는 그때까지도 대통령이 나를 보자는 이유가 무엇인지 짐작이 가지 않았다. 장관 아니면 기업 총수, 그리고 이른바 '사회지도층'급 사람들을 만나는 데도 바쁘실 대통령이 왜 나를, 그것도 일 대 일 면담을 하자고 하는 걸까?

옆에 서 있던 다른 비서관이 '대통령, 홍순창 KBS PD 면담' 스케줄이 이틀 전에 청와대 몇몇 부서로 회람이 돌아 알았다고 말을 거들었다. 그동안 대통령께서 만나는 사람들 인적사항을 많이 알아 봤지만, 대통령께서 보자고 하신 이유가 무엇이고, 홍 PD란 사람의 정체가 무엇인지, 특히 청와대에 들어오는 사람이 자가용도 없는 경우는 처음이어서 경호실이나 비서실 안에서도 화제가 됐다고 한다.

그런데 그날 홍순○이란 분이 이틀 전 외국 공관으로 발령이 나 출국 전에 업무 관계로 청와대에 와 있었다. 마침 대통령과 면담하는 홍순창 PD란 사람이 자기 이름과 비슷해 누군지 얼굴이나 보고 싶다며 내가 있던 대기실을 방문했다. 그분은 자기소개와 함께 내게 악수를 청하면서 "대통령께서 당신과 독대를 하신다니 영광이다"며 대단한 분인 것 같아 얼굴 한번 보고 싶었다고 한다. 각하를 잘 뵙고 가라고 격려해 주는 그분 얘기에 갈수록 도대체 무슨 상황인가 어리둥절했다.

면담 시간이 다가오자 이번에는 의전비서관이 내게 '각하께서 하문하기 전에는 먼저 말하지 말라', '악수할 때는 손에 힘을 주지 말고 가볍게 하라' 등 몇 가지 주의사항을 일러주었다. 그러다가 나를 아래위로 훑어보더니 "옷차림이 그게 뭐냐"고 가볍게 핀잔을 주었다. 그도 그럴 것이, 방송국에서야 프로듀서들은 보통 캐주얼 차림으로 근무하기 때문에 정장을 입을 일이 없었다. 그래서 그날 청와대에 입고 갔던 옷도 결혼식 때 장만했던 것이어서 유행에 뒤떨어져 보였을 것이다.

대통령 면담 장소에 수석비서관과 함께 단둘이 들어가 기다리고 있으니 대통령께서 들어오셨다. 평상시 TV 화면에서만 본 대통령을 처음 만나게 되니 뭔 정신이 있었겠는가. 얼굴에서 광채가 나는 느낌이었다. 대통령은 자리에 앉자 신문에서 홍 PD가 그동안 노인복지와 효운동을 했다는 기사들을 여러 번 봤다면서, "그래서 내가 비서실에 '이 사람 한번 만났으면 한다'고 지시했어요" 하고 말씀하신다. 그러면서 평소에 생각하고 또 가족들에게 실천했던 효 이야기를 꺼내기 시작했다. 사실 TV에서야 딱딱한 표정의 대통령만을 봐 왔는데, 면담이 진행되는 동안은 유머 있으면서 따뜻한 어투로 다양한 소재를 말씀하셨다. 처음엔 잔뜩 긴장해 있었던 나도 어느새가 긴장이 사라졌다. 당초 예정된 면담시간은 30분이었는데, 20분이나 더 지나

버렸다.

면담시간을 훌쩍 넘겨 얘기가 마무리되어 갈 즈음,

"홍 PD! 하고 싶은 이야기 있나?"

하고 대통령께서 하문하셨다. 면담 전에 비서관이 '각하께서 하문하시기 전에는 얘기하지 말라'고 했던 주의사항 때문에 입도 못 열고 잠자코 듣고만 있었는데, 하문을 하시기에 처음으로 말문을 열었다.

"오늘 각하께서 저를 만나 주셨다는 사실을 공개하지 말아 주셨으면 좋겠습니다."

그러자 옆에 배석했던 수석비서관의 표정이 뜨악하다. '감히 대통령 앞에서 그런 이야기를 해?' 하는 듯한 표정이다. 대통령은 오히려 의아한 듯 "왜 그런가요?"라고 하신다.

"이 사실이 알려지면 저는 KBS에서 매장될지도 모릅니다. 오늘 이곳에 온 것도 비서실 관계자가 보안 때문에 방송국이나 가족, 친구, 심지어는 집사람한테도 이야기하지 말라고 주의를 줘 말도 안 하고 왔습니다."

대통령은 그러마고 껄껄 웃으신다. 효에 대한 대통령의 재미있는 이야기가 조금 더 이어졌는데 그 과정에서 한 가지 분명한 것을 느꼈다. 다른 것은 몰라도 대통령께서 효에 대한 생각만큼은 진실하다는 점이다. 대통령께서는 장관이나 기관장 인사(人事)관리를 할 때는 반드시 '효도점수'를 우선 체크한다고 말씀하신다.

"다른 항목에서 아무리 점수가 좋아도 '효도점수'를 비롯해 '가정문제'가 있으면 입각이나 기관장 취임 승인을 안 합니다."

대통령께서 저런 말씀을 하시다니 정말로 깜짝 놀랐다. 그동안

'문화공보부로부터 KBS에 내려왔던 그 많은 경로효친 관련 공문들이 그저 의례적인 이야기가 아니었구나' 하는 생각을 했다. 당시 방송국에는 문화공보부나 보건사회부에서 내려온 여러 종류의 공문이 전달되었다. 이런 공문들 가운데는 '경로효친사상 함양', '가족계획'과 같은 내용들을 방송제작에 반영하라는 사항이 종종 있었다. 이전까지만 해도 이런 공문이 내려오면 부정적인 생각이 많았다. 경로효친이나 가족계획과 관련된 홍보는 우리가 알아서 하는데 종이 아깝게 이런 상투적인 공문을 뭐 하러 보내나 싶었다. 하지만 대통령 면담을 통해 경로효친에 대한 공문들이 평소 대통령의 효에 대한 신념에서 나온 것이란 사실을 알게 되었다. 이렇게 효에 진정성을 갖고 있었던 대통령께서 노인복지와 효운동으로 언론에 오르내렸던 내가 궁금하셨던 모양이다.

면담이 끝날 무렵 대통령은 "내가 도와줄 일이 없느냐?"고 재차 하문하셨다.

"혹시 대통령께서 도와주신다면 '대통령께서 저를 도와주신다'는 사실이 알려지지 않게 후원해 주셨으면 좋겠습니다."

나의 두 번째 대답이었다. 배석했던 수석비서관이 또다시 안절부절못했다. 다시 한 번 대통령은 껄껄 웃으시며 경상도 억양으로, "하기야, 경환이 이놈아도 대통령 동생이라고 주위에서 잘못 활용되고 있는 거, 내가 다 알고 있습니다" 하고 말씀하신다. "그리고 대통령 임기가 2년 남았지만 내가 대통령을 연임할 거라고 주변에서 말하는 얼빠진 사람들이 있어요. 나는 절대로 대통령 연임 안 합니다. 내 발로 청와대를 걸어나가 단임 대통령 전통을 세우겠습니다"라고 단호하게 말씀하시는데 그 역시 깜짝깜짝 놀람의 연속이었다.

면담을 마치고 나오니 배석했던 수석비서관이,

"홍 PD! 참, 배짱 좋네. 대통령 면전에서 그런 말 한 사람 그동안 한 번도 못 봤어!"

라고 말한다.

바깥에서 대기하고 있던 의전비서관은 면담시간이 한참 넘었다고 했다. 사실 나도 대통령께서 하시는 이야기가 재미있기도 했고, 여러 가지 새로운 사실을 알게 된 게 신기하기도 해서 시간이 얼마나 지났는지 몰랐는데, 예정된 30분을 훌쩍 지나 한 시간이 넘어서야 면담이 끝났던 것이다.

### 세상이 알아버린 대통령 면담

대통령을 면담하느라 정장을 입었기에 방송국으로 들어가면 주위에서 이상하게 볼 것 같아 집으로 바로 퇴근했다. 마침 다음날은 전남 광주에서 〈이웃끼리 청백전〉이란 프로그램 야외녹화가 있어 오전 아홉 시까지 내려가야 했다. 광주 야외녹화를 차질 없이 하려면 새벽 두 시에 방송 스태프들과 함께 광주로 내려가야 했기 때문에 일찌감치 잠자리에 들었다.

아침에 광주에 도착하니 난리법석이다. 후배 PD들이 날 보더니 이곳저곳에서 "홍 선배! 어제 대통령 만났다는데 어떻게 된 겁니까?" 하고 묻는다. 뭐야? 이 친구들이 그걸 어떻게 알았지? 깜짝 놀랐지만 일단은 후배들 질문을 적당히 얼버무리고 혹시 집에 무슨 일이 있나 싶어 집사람에게 전화해 보니 집안도 벌집을 쑤신 상황이었다.

많은 친척들에게서 전화통에 불이 나도록 연락이 왔다고 한다. 어제 저녁 KBS와 MBC의 9시 뉴스에서 내가 청와대에 갔다는 소식을 봤는데 어떻게 된 일이냐고 궁금해들 한다면서, 대통령 면담 사실을 어떻게 자기에게도 안 알려 주냐며 섭섭해했다. 일찍 자느라 나만 9시 뉴스를 못 봤던 것이다.

그 당시만 해도 밤 9시 뉴스는 '땡전뉴스'라는 별명을 듣는 상황이었다. '뚜, 뚜, 땡!' 하는 저녁 9시 시보와 함께 "전두환 대통령은……"이란 멘트로 대통령 동정부터 보도하는 데서 나온 말이다. 그런데 뉴스 첫머리 대통령 동정 보도에서 나를 면담한 소식이 보도됐으니 세상 모르고 잤던 나만 빼고는 온 세상이 다 알아버린 것이다. 그러니 주위에서는 아닌 밤중에 홍두깨인 셈이었고 방송국이야 말할 것도 없었다. '어떻게 위에는 보고도 안 하고 대통령을 만나냐'고 불호령이 떨어질 일이었다. 하지만 당시 KBS 사장님이 "그냥 둬라, 좋은 일로 만난 거고 청와대 비서진들이 알리지 말라고 그런 것 아니겠느냐"고 이해해 준 덕분에 다행히 별일 없이 마무리됐다.

남들은 평생 얼굴 한 번 직접 보기 힘든 대통령을, 그것도 일 대 일 면담으로 한 시간 넘게 만났으니 주위에서는 부러워했지만 오히려 나는 방송국에서 처신을 매우 조심할 수밖에 없었다. 내가 마치 엄청난 '빽'을 등에 업고 사는 사람처럼 주위에서 볼 게 뻔했기 때문이다.

### 많이 고민한 '은초록' 명칭

대통령 면담 다음날, 보건사회부 모 국장에게서 만나자는 연락이 왔다. 국장을 만나 보니 청와대에서 지시를 받았다는 이야기를 한마디도 언급하지 않으면서 "홍 PD가 효운동 하는 데 보건사회부에서 도와줄 게 없냐?"고 친절하게 물어보는 게 아닌가. 마침 전부터 생각했던 것이 있었는데 혼자 힘으로는 어려운 점이 있어 망설이다 그 자리에서 조심스레 이야기를 꺼냈다.

"효운동을 하다 보니 개인이 하기에는 여러 모로 힘든 점이 많습니다. 그래서 단체가 필요하다는 생각을 갖게 되었는데, 사회복지법인을 만들 수 있게 도움을 주셨으면 합니다."

나는 그 당시에 사회복지법인이 무엇인지 정확하게 알지도 못했다. 보건사회부 담당자의 설명을 듣고 보니 사회복지법인을 만들려면 기본 자산부터 시작해 필요한 조건이 한두 가지가 아니었다. 하지만 자산은커녕 내 월급에서 일부 할애해 하는 효운동이었기 때문에 법인 설립에 필요한 조건을 충족시키기란 턱도 없는 일이었다. 이런 사정을 얘기하니, 서류를 준비해 신청하면 규정에 있는 '특례조항'을 적용해 장관께 보고하고 법인 설립을 허가해 주겠다고 했다.

대통령의 위력이란 게 이런 거구나! 그동안 대통령의 힘에 대해 그저 평민으로서 막연히 느낄 뿐이었는데 보건사회부 국장을 만나보고 그 힘의 실체를 확연히 알게 되었다.

대통령을 만나고 나니 갑자기 일개 PD에 불과한 나를 만나자는 기업인들이 왜 그리도 많은지, 물론 대부분 거절했다. 그런데 전부터 알고 지내던 한 지인의 알선으로 내가 하는 효운동을 도와주겠다는 건설회사 기업인이 한 명 있었다. 지인 체면도 있고 해서 만나 보니 좋은 일 한다고 '조건 없이 도와주겠다'고 하는데 이 부분은 뒤에 다시 얘기하겠다. 그 후에도 나를 만나려는 기업인들이 여럿 있었지만 사전에 왜 만나려는지 이야기를 들어보고 대통령과 면담으로 만나고 싶어 한다는 게 감지되면 아예 만나질 않았다.

일단 보건사회부에서 특례조항을 적용해 사회복지법인을 허가해 주기로 했으니, 법인 이름은 무엇으로 한다? 법인 이름을 이것저것 종이에 적어 보았지만 어느 것도 마음에 들지 않았다. 무엇보다 고루한 느낌이 들지 않으면서 단체 이름으로 신선하게 느낄 수 있는 게 필요했다. 6개월 가까이 고심한 끝에 어느 날 길을 걷다가 문득 떠오른 이름이 바로 '은초록'이다. '효'는 젊은이와 노인들이 어우러져야 가능하기에 노인을 상징하는 '은색'과, 젊음을 상징하는 '초록색'을 조합해 '은초록'이란 단어를 만들었다. 대통령께서도 나중에 이름을 들으시더니 "참 예쁘군" 하고 한마디 하셨다는 얘기를 비서관으로부터 들었다.

대통령을 독대하고 1년이 좀 못 되는 시점인 1987년 7월 13일, 사회복지법인 은초록은 보건사회부로부터 설립인가를 받았다. 여자는 아니지만 처음으로 옥동자를 낳은 기분이었다.

# 셋째형님과 두 가지 약속을

나는 8남매 중 막내로 공주군 탄천면 덕지리에서 태어났다. 셋째형님은 해군사관학교를 졸업하고 장교로 군생활을 하셨다. 그 형님을 한 단어로 표현하면 '멋쟁이' 였다. 용모도 영화배우였지만 마음도 천사였다. 해군장교라고 해서 생활이 여유로운 것은 아니었는데 이 세상에 내 것은 없다는 듯 작은 것 하나라도 남에게 주는 것을 좋아해 형수가 속상해하는 것을 종종 보곤 했다. 8남매라 형제가 많았고 아버지도 일찍 돌아가시는 바람에 살림이 넉넉할 리 없었으니 막내인 나까지 제대로 공부하기는 어려웠다. 하지만 셋째형님은 내가 중학교 때부터 대학 졸업할 때까지 학비와 책값을 마련해 주셨다. 학비를 지원하며 '공부 열심히 해라!' 라고 한마디라도 했으련만, 오히려 제대로 지원하지 못해 "미안하다"라는 말 이외는 없던 묵직한 분이셨다.

그렇게 형님 도움을 받고 10여 년이 흘러 대학졸업식 날 저녁, 형님은 나를 부르시더니 그동안 안 하셨던 많은 얘기들을 꺼내셨다. 그 중에는 해군사관학교 동기생들이 셋째형님에게 "동생 학비 대느라 힘들었는데 이제는 지원 안 해줘도 되잖아. 너도 자식들하고 살아야지!"라고 충고를 하셨단다. 그러면 셋째형님은 "공부도 때가 있다. 그것은 내가 알아서 할 일이다" 하고 의지를 꺾지 않으셨다고 하신다. 특히 형수가 애지중지한 트랜지스터라디오와 금반지까지 팔아 학비를 마련해 줬다는 대목에서는 깜짝 놀랄 수밖에 없었다.

"왜 그런 얘기를 지금껏 안 해 주셨어요?"

"혹시 네 마음이 흔들려 공부를 포기할까 봐 그랬다. 그러니 형수의 고마움을 잊지 말아주기 바란다."

방송국에 입사하고 난 후 이번에는 셋째형님의 군 전역으로 형편이 어렵게 되어 내가 형님 자녀들의 대학등록금을 지원해 주는 입장이 되었다. 몇 년 동안 조카들 학비를 돕느라 말없이 힘들어한 아내에게 고마움을 느낀다. 조카들을 돕는 게 힘에 부칠 때마다 셋째형님과 형수의 희생과 감사함이 얼마나 큰 것이었는지 새삼 느끼면서.

### 몽둥이 맞으며 버틴 첫 번째 약속

셋째형님에게 나는 두 가지 약속을 하게 되었다. 첫 번째 약속은 1970년 3월 초 대학교 입학식 날 저녁 때였다. 그때 형님은 나를 불러 "네가 대학 졸업 때까지 술, 담배는 안 했으면 좋겠다"고 주문하셨다. 당시엔 무슨 뜻으로 그런 이야기를 하셨는지 잘 몰랐지만 어떻게 그런 형님의 말씀에 토를 달 수 있겠는가? 당연히 그러겠노라고 대답하고 대학 졸업할 때까지 그 약속을 지켰다.

그런데 대학 재학 중 입대한 군에서 나를 시험에 들게 한 사건이 일어났다. 논산훈련소에서 훈련을 마치고 자대에 배치 받던 날, 일과 후 저녁 늦게 신고식을 치르게 되었다. 당시 같은 자대에 배치된 훈련동기생이 나를 포함해 네 명이었는데, 신고식 하는 네 명 앞에 소주가 가득 찬 그릇이 놓였다. 동기생 세 명이 차례대로 가득 담긴 소주를 거침없이 비우고 나니 내 차례가 되었다. 선임병장이 똑같은 양의 술을 따랐다.

"홍순창 이병, 아직 술을 못 배웠습니다!"

크게 외치기가 무섭게 복부에 주먹이 날아왔다. 갑자기 급소를 맞고 비틀대자 술기운에 젖었던 선임병장이 사냥감을 찾았다는 듯, 옆에 서 있는 부하 김 상병에게 몽둥이를 갖고 오라고 고함을 쳤다. 김 상병이 엉거주춤한 자세로 야전침대 옆에 부착된 긴 막대기를 갖다 주니 동작 느리다고 김 상병을 쥐어박았다.

노루 잡은 막대기 3년을 소중하게 보관한다는 말처럼, 선임병장은 막대기를 쓰다듬다가 빙글빙글 돌리며 겁먹은 채 부동자세로 서 있는 나에게 다가와 '소주'와 '몽둥이' 둘 중 하나를 택하라고 윽박질렀다. 선택의 여지가 없었다. 형님과의 약속을 지켜야 한다는 생각으로 "홍순창 이병! 몽둥이를 선택하겠습니다!"라고 다시 크게 외쳤다.

"알았다. 엎드려뻗쳐! 한 대 맞을 때마다 하나아~, 두우~울…….
그렇게 여어~얼까지 센다! 홍 이병, 알겠나!"

입대 후 처음 겪어 보는 '살벌한' 분위기가 막사를 휘감았다. 엎드리자 내리치기가 시작됐다. 열 대를 연속해서 때릴 줄 알았는데 웬걸, 한 대 때리고 나서 술 먹고 훈계하고, 또 한 대 때리고 나서 알아

듣지 못할 훈계를 하고……. 그러기를 몇 십분, 정말 죽고 싶다는 생각이 절로 들었다. 이렇게 여섯 대까지 매질을 당하니 '젖 먹던 힘까지 다해서'란 말이 실감났다. 막사도 빙글빙글, 소대 요원들이 서 있는 모습도 빙글빙글 돌았다. 눈앞이 노랗고 별이 뱅글뱅글 보였다. 입에서는 단내가 '훅' 하니 올라왔다. 그때 겪은 육체적, 정신적 고통은 이루 말할 수가 없다. 엉덩이가 마비되어서인지 일곱 번째는 맞아도 감각이 없었다. 그리고 나는 그만 앞으로 고꾸라지고 말았다. 하지만 군홧발이 몸에 날아오고 다시 열 대를 채워야 했다. 두 시간 정도 곤장 환영(?)파티가 끝난 후 나는 두 달여를 엎드려 자야 했고, 동기생들은 군대생활 내내 그때 이야기로 '미련한 홍 이병'이라고 놀려댔다.

지금이야 군대 내 구타가 금지되어 있지만 그때는 군대 가기 전부터 신고식이 무자비하다고 들어 왔던 터라 신고식은 으레 그런 줄 알았다. 그때의 피멍 자국이 40여 년이 지난 지금도 내 몸 한구석에 남아 있는데, 그 흔적은 형님과 약속을 지킨 명예스런 훈장이라고 생각한다.

## 운명이 된 두 번째 약속

두 번째 약속은 대학 졸업 즈음 1976년 9월 TBC 동양방송에 첫 출근하던 날에 하게 되었다. 형님은 명동으로 나를 불러 저녁을 사 주셨다. 그때야 '명동!' 하면 대한민국 최고의 번화가였으니 멋있는 축하 자리를 기대했다. 그런데 술을 못하시던 셋째형님이 "오늘같이 기분 좋은 날 술이 없으면 안 되지!" 하며 맥주 한 잔을 권하시는 게 아닌가. 그도 그럴 것이 지금은 '언론고시'라 할 정도로 방송국 PD로 입사한다는 것이 어렵지만, 그때도 삼성그룹의 최초 민간 방송인 TBC 동양방송에 합격한다는 것은 지금보다도 아마 더 어려웠을 것이다. 당시의 TBC 동양방송은 서울을 비롯해 수도권에만 방송되었는데, 모든 프로그램이 최고의 시청률과 청취율을 자랑했다. 후라이보이 곽규석 씨의 '쇼쇼쇼'는 TBC 동양방송의 대명사격인 쇼 프로그램이었고, 최고 스타인 장미희·유지인·정윤희 등이 출연하는 드라마, 봉두완 앵커의 저녁 9시 뉴스 〈뉴스전망대〉, 흑인 노예 쿤타킨테를 다룬 알렉스 헤일리(Alex Haley) 원작의 '뿌리'를 방영해 당시 최고 화제를 모았던 TV 미니시리즈, 라디오의 〈장수무대〉, 〈가로수를 누비며〉, 〈밤을 잊은 그대에게〉, 〈아차부인, 재치부인〉 등 열거하기 힘들 정도로 수많은 프로그램이 사랑을 받았다.

이런 방송국에 막내동생이 입사를 했으니 뒷바라지를 해 온 형님은 당신의 희생이 헛되지 않았다는 사실에 무척이나 자랑스러웠으리라. 형님께서 권한 맥주잔을 두 손으로 받쳐 들고, 나는 대학 입학식 날 형님과의 약속 때문에 아직까지 술과 담배를 안 배웠다는 사실을 고백했다. 그런데 이게 웬일?

"내가 언제 그런 말을 했는데?"

"형님! 1970년 3월 초, 대학 입학식 날 퇴근하고 저를 불러 술, 담배는 배우지 말라고 한 말씀, 정말 기억 안 나세요?"

나는 7년이 지난 그때까지도 똑똑히 기억하고 실천해 왔는데, 형님은 그런 말을 한 것이 전혀 생각이 안 난다고 하셨다. 그 약속 때문에 군생활에서 호된 신고식까지 치른 이야기를 하니 형님이 눈물을 보이셨다. 형님은 눈물을 애써 감추려 했지만 내가 왜 모르겠는가. 형님이 대학에 입학한 동생에게 술, 담배를 배우지 말라고 했던 것은 정말로 내가 술, 담배에 담을 쌓고 지내라는 뜻은 아니었을 것이다. 학비와 책값은 줄 수 있어도 술, 담배에 쓰는 용돈까지 대 줄 수 없다는 것을 은근히 암시한 것이다. 그 말을 액면 그대로 받아들여 험한 꼴까지 당하며 약속을 지킨 동생이 대견하면서도 한편으로는 미안해 흘린 눈물이었으리라.

어색한 분위기를 바꾸려고 직장생활에 대한 기대나 장래에 대한 계획으로 화제를 돌리자 형님은 내게 주문 아닌 주문을 하셨다.

"이제, 네가 좋은 직장에 다니게 됐으니, 방송국에서 일할 때 어려운 사람들을 위한 프로그램을 만들면 좋겠구나."

형님은 그저 권고사항 쯤으로 이야기하셨지만 내게는 또 하나의 약속이니 꼭 지키라는 지상명령처럼 들렸다. 무식하리만큼 권고사항을 명령처럼 받아들인 것은 셋째형님을 존경하기 때문이었다. 평소에 말이 없던 셋째형님의 이야기를 듣고 있으면 항상 옳다는 생각이 들기에 아무런 토를 달지 않고 '알겠습니다. 무조건 실천하겠습니다!' 하고 속으로 외친다.

### 노인 프로그램을 왜 하려고?

방송국에서는 한 해에 봄가을로 프로그램 개편을 한다. 개편 즈음 때는 데스크인 부장이 각 PD들에게 희망하는 프로그램을 물어보는데, 나는 그때마다 노인 대상의 〈장수무대〉 프로그램을 하고 싶다고 말했다. 하지만 프로그램 배정 권한을 가지고 있던 데스크에서 돌아

온 대답은 "아직은 안 돼"였다. 노인 프로그램을 제작하려면 적어도 7~8년의 경력과 함께 인생 경험이 있어야 한다는 이유에서였다.

개편 때마다 노인 프로그램을 하겠다고 한 것은, 내가 노인에 대한 특별한 사명감 때문이라기보다는 셋째형님과의 약속 때문이었다. 아마 장애인 대상 프로그램이 있었다면 그 프로그램을 지망했을 것이다. 하지만 당시 TBC 동양방송은 '사회적 약자'를 대상으로 한 프로그램은 노인 프로그램뿐이었다.

그런데 나에게는 내가 원하던 노인 프로그램 대신 가요 프로그램이 배정되었고, 가요 프로그램을 원했던 PD 동기들에게는 오히려 다른 프로그램이 배정되었다. 프로그램 배정이 끝난 후 몇 주가 지나고 난 뒤, 부서원 전체 회식에서 내가 가요 프로그램에 배정 받은 이유를 알게 되었다. 데스크 말인즉, 대부분의 PD들이 꺼리는 노인 프로그램을 햇병아리 신참이 제작하고 싶다고 말하는 것을 보며 '아, 저 친구, 뭔가 생각이 있는 게로구나' 하고 판단했다는 것이다. 당시 쇼·오락 PD들은 대부분 가요 프로그램을 선호했고 노인 프로그램은 웬만한 경력이 있는 선배 PD들도 반 년만 제작하면 다른 프로그램으로 보내 달라고 할 정도로 선호도가 떨어졌다. 경력 있는 PD들도 꺼리는 노인 프로그램으로 새파란 신참이 가고 싶다 하니, 그런 자세가 돋보였다는 것이다.

남들이 선호하는 가요 프로그램에 배정됐으니 열심히 했으면 좋으련만, 셋째형님과의 약속이 머릿속에서 떠나질 않아 이상하게도 흥미를 갖지 못했다. 그래서 봄가을 개편 때마다 부장이 물어보면 노인 프로그램을 원한다고 했다. 내 사정을 알 리 없는 부장은 나를 이상한 놈으로 보기 시작했다.

"홍 PD, 왜 굳이 노인 프로그램을 하고 싶은 건데?"

"특별한 이유는 없습니다. 노인 프로그램이 그저 하고 싶습니다."

봄가을 개편 때마다 거듭 요청한 끝에 결국 입사 3년 만에 〈장수무대〉를 맡게 되었다.

### 몸뻬바지는 끝났다

방송국에 입사하자 노인 프로그램을 맡고 싶어 했던 가장 큰 이유는 셋째형님과의 약속 때문이었지만, 그것만이 전부는 아니었다. '노인들을 위한 방송을 열심히 해야겠다' 아니면 '어딘가에서 자원봉사라도 해야겠다'는 마음을 다시금 다잡아준 계기는 다름 아닌 어머니의 '몸뻬바지'였다.

초등학교 4학년 때 아버지가 일찍 돌아가시자 어머니는 억척스럽게 8남매를 키우셨다. 어렵게 자랐지만 홀몸으로 8남매를 탈 없이 키우신 건 지금 생각해 보면 기적 같은 일이다. 어머니 옷차림은 늘 헐렁한 몸뻬바지였다. 어머니는 40여 년을 그렇게 살아오신 것이다. 부끄러운 얘기지만, 나는 그런 어머니 모습을 당연하게 여겼다. 당신이라고 해서 예쁘게 꾸미고 싶은 생각이 어찌 없었을까. 오로지 자식을 위해 희생하셨던 것인데 나는 그런 어머니의 마음을 미처 헤아리지 못했다.

내가 TBC 동양방송에 합격하고 첫 출근을 하던 날, 어머니는 몸뻬바지를 벗어 벽장 속에 던지셨다.

"막내아들이 출근하니 이제 이 몸뻬는 끝났다."

시원해하는 말씀이었지만 어딘지 서운한 표정이 묻어났다. 어머니의 그 한마디와 만감이 교차하는 듯한 표정을 보니 내 가슴에 울컥하고 무언가 솟구쳐 올라왔다. 어머니의 고생을 모르는 바는 아니지만 그 한마디에는 홀몸으로 8남매 자식들을 위해 희생했던 40여 년 세월이 다 녹아 있었다. 당신이 그 오랜 세월, 얼마나 많은 것을 포기하고 희생하셨는지, 그 생각을 하면 가슴이 저며 왔다.

방송국에 입사하고 2년쯤 지난 어느 날 아침, 출근버스에 몸을 싣고 서소문 TBC 동양방송으로 향하는 길이었다. 문득 차창 밖으로 한 할머니가 힘없이 걸어가는 모습이 눈에 띄었다. 길에서 자주 볼 수 있는 모습이지만 그날따라 무척이나 초라해 보이는 그 할머니 모습이 자꾸만 눈에 어른거렸다. 첫 출근 날, 벽장 속에 몸뻬바지를 던져 넣으시던 어머니 모습이 갑자기 겹쳐 보였다.

'아마 저분도 자식들을 위해 온갖 희생을 감내하며 살아오셨겠지. 내 어머니뿐만 아니라 이 세상 모든 부모 세대들은 긴 세월 동안 얼마나 많은 고생과 희생을 치렀을까. 그래, 노인들을 위해 더 많이 일하자. 혹시 노인 프로그램을 못하게 되면 자원봉사라도 하자.'

버스 안에서 깊게 생각하며 마음을 굳게 다졌다.

# 뭐야, 돌아가시면 어쩌려고!

남들이 서로 하고 싶어 하던 가요 프로그램을 제작할 때는 별 재미를 못 느끼다가 오히려 선배 PD들이 꺼린다는 〈장수무대〉를 맡게 되니 그렇게 즐겁고 신날 수가 없었다. 형님과 약속을 지킬 수 있게 되었다는 즐거움도 컸지만, 노인 프로그램을 제작하면서 선배 PD들로부터 기획과 제작 노하우를 빠른 시간 내에 터득할 수 있겠다는 기대도 컸다.

### 피아노 치는 할아버지

〈장수무대〉는 노인과 가족들이 출연해 가족에 얽힌 희로애락과, 특히 노인들이 겪은 '신혼 첫날밤' 이야기가 매주 소개되어 인기가 있었다. 지금 생각해 보면 〈장수무대〉 '신혼 첫날밤' 코너는 '섹스토크'의 효시라 할 수 있겠다. 당시에는 사회 분위기가 혁명, 시위, 민주화, 계엄령과 같은 일들로 어지러워서 군부에서 모든 분야를 검열하고 장악했었다. 군부가 언론 통제를 하던 때였지만 노인 프로그램만큼은 검열 대상에서 제외였다. 어수선하고 억눌린 사회 분위기 속에서 노인들이 거리낌 없이 풀어 놓는 신혼 첫날밤 이야기는 무엇보다 재미있었고 답답한 사회 분위기의 탈출구처럼 환영을 받았다.

하지만 나는 지난 몇 년 동안 비슷한 소재와 가족 관련 이야기들로 〈장수무대〉를 제작하는 것으로부터 이제는 벗어날 때가 되었다는 생각을 했다. 하고 싶은 프로그램에 몸을 담았으니 선배들이 했던 방식을 그대로 따라하기보다는 무언가 차별화가 있어야겠다는 의욕이 생겼다. 며칠 동안 자료도 찾고 고민을 하다가 '악기를 다루는 노인을 출연시켜 연주를 들려주면 어떨까?' 하는 아이디어가 떠올랐다.

선배 PD들과 상의해 보니 실마리가 풀리기 시작했다.

"피아노 치는 할아버지가 계시긴 한데, 아마 방송출연은 안 하실 거야."

이리저리 수소문한 끝에 그분과 연락이 닿아 방송 내용을 설명하고 출연 부탁을 드렸지만 역시 선배의 예상대로 방송출연은 못하시겠단다. 정말 고집이 하늘을 찌르는 분이셨다. 그렇게 밀고 당기기를 며칠 째, '피아노 할아버지'와 통화 중에 우연히 효성스런 딸 이야기를 듣게 되었다.

'옳다구나, 따님을 설득해 보자.'

PD의 직감을 믿으며 다음날 오전, 딸에게 전화를 걸었다. 마침 그녀는 〈장수무대〉의 열렬한 애청자라며 아버지를 설득하겠다고 흔쾌히 이야기했다.

**노인악단 탄생**

'피아노 치는 할아버지'는 당시만 해도 귀한 소재여서 방송이 나간 후 화제가 되었다. 노인 연주자 첫 방송이 나가자 청취자 가운데 바이올린, 하와이언 기타, 드럼, 색소폰 등 악기를 다룰 수 있는 노인들과 가족들이 방송국으로 출연 신청을 해 왔다. 덕분에 매주 한 분씩 악기 다루는 노인을 방송에 소개할 수 있었는데, 석 달쯤 지나자 어떤 생각이 퍼뜩 머릿속을 스쳤다.

'이분들을 모아 혹시 노인악단을 만들면……?'

이거 뭔가 그림이 되겠다 싶어 악기 연주 솜씨가 좋았던 출연자 목록을 뽑아 보니 족히 열 명은 되었다. 쾌재를 불렀다. 노인 숫자나 악기 종류를 보니 충분히 악단을 만들 수 있겠다는 판단이 들어 즉시 실행에 옮기기로 했다.

"뭐! 노인악단을 만들어? 이봐, 홍순창! 정신이 있어?"

그동안 악기를 연주하는 노인들이 전파를 타자 반응이 좋아 이참에 악단으로 발전시키면 어떻겠냐고 부장에게 제안했더니 한마디로 '안 된다'는 것이다. 의미도 있고 좋은 아이디어라고 생각했는데 왜 그럴까?

"홍 PD! 나이 든 노인들이 방송국에서 악기 연주한다고 힘쓰다가 돌아가시면, 자네가 책임질 건가?"

하긴 만에 하나, 무슨 사고라도 생기면 방송국이 비난받고 책임져야 할 일이다. 책임 있는 위치에 있는 분이라면 그런 걱정을 하는 것도 무리는 아니었다. 하지만 그런 우려로 포기하기에는 너무나 아까운 아이디어였다. 그래서 데스크에는 더 이상 내색하지 않고 주위 선배 PD들에게 도움을 요청하니 호응 반, 우려 반 속에서 조용히 진행해 보라고 일러주었다.

악기별로 노인들을 모아 보니 열한 분이었다. 반응이 뜨거웠다. 60세부터 76세까지의 할아버지·할머니 밴드인 '노인악단(할아버지악단)'이 만들어진 것이다. 광복절에 특집방송을 내보내기로 목표를 세우고 라디오 공개홀이 비는 시간에 일주일에 두 번씩, 공개홀 기술팀의 도움을 받아 석 달 넘게 땀 흘려 가며 연습에 연습을 거듭했다. 드디어, 1979년 8월 〈광복절 특집 장무수대〉에서 '노인악단 연주발표회'를 한국 최초로 방송할 수 있게 되었다. 노인악단이 방송되기까지는, '안 된다'고 했던 부장과 국장을 설득했던 차장의 도움이 정말로 컸다.

## 가수 조용필 씨, 악기 기증

1979년에는 종합신문이 8면을 발행했다. 일주일에 한두 번 16면을 발행하던 신문도 있었지만 그만큼 신문지면이 귀하던 시절이었다. 그런데 노인악단 연주 발표 방송을 며칠 앞두고 중앙일보를 비롯해 여타 신문들에 '노인악단 최초 창단' 소식이 문화면 톱으로 기사화되었다. 그 밖에도 연주 발표를 전후해 주요 일간지들이 이 소식을 문화면에 크게 다루어 '노인악단'은 많은 화제를 불러 모으며 화려하게 출발할 수 있었다.

8월 12일, 〈광복절 특집 노인악단 연주발표회〉를 운현궁 공개홀에서 녹음하던 날, 노인악단원들이 무대에 오르고 연주가 시작되었

● 노인악단 연습 장면(위)
● 노인악단 단원 일동

다. 그 모습을 지켜보고 있던 내 눈에 주르륵 눈물이 떨어졌다. 석 달여 동안의 온갖 어려웠던 과정들이 파노라마처럼 머릿속을 훑고 지나갔다. 방송국 윗분들의 반대를 무릅쓰고 단원을 모으고, 비어 있는 시간에 공개홀을 사용하느라 엔지니어 눈치보고, 연습 후에는 사비로 단원들에게 식사와 음료를 대접해 드렸던 일들, 방송국 대우가 시원찮다고 불평하기도 했지만 그래도 열심히 따라주었던 단원들, 그리고 건강이 좋지 않아 숨차 하시던 색소폰 최 씨 할아버지까지…….
힘들고 아슬아슬했던 순간들을 떠올리니, 나보다 훨씬 나이가 많은 어르신들인데도 그분들이 마치 내 손으로 키운 자식 같아 눈물이 흐르고 가슴이 뜨거워졌다.

방송국 윗분들 모르게 이 일을 진행했으니 가슴도 많이 졸였다. 드디어 디데이가 다가왔다. 〈광복절 특집〉 녹음을 얼마 남겨 놓지 않은 시점에서야 부장과 국장께 지금까지의 과정을 보고하고 '특집방송 연주발표회'를 하겠다고 말씀드렸다. 그러자 윗분들은 깜짝 놀라며 도대체 어떻게 준비했는지를 물었다. 자초지종을 설명하니 데스크인 부장이 대뜸 이렇게 이야기했다.

"이 친구……, 자네 고집 때문에 사고 한번 크게 치겠어!"

그런데 특집방송이 나간 후 많은 선배 PD들, 심지어는 노인악단 구상을 찜찜해했던 부장, 국장까지 격려를 아끼지 않았다.

"우리는 10년, 20년이 돼도 작품(신문 보도)을 못 냈는데 막내 PD가 3년 만에 이런 일을 해 내다니 정말 대단해!"

노인악단 연주발표회 특집방송이 나간 뒤, 전국의 중학교, 교도소, 고아원, 종교단체, 심지어 전방부대에서까지 초청이 쇄도했다.

노인악단이 현지에 가서 위문공연을 하고 돌아오면 학생, 군인, 교도소 재소자들에게서 몇 백 통씩 방송국으로 감사편지가 도착하여 단원들의 힘을 북돋워 주었다. 전국을 종횡무진 누비던 노인악단이 서울 근교로 공연을 갈 때는 현장 분위기를 파악해 보려고 나도 동행하곤 했다. 그런데 드럼과 전자오르간 악기들이 당시에는 크고 오래된 것이어서 이동하기도 불편하고 소리도 제대로 나지 않았다. 그래도 노인악단들은 아랑곳하지 않았다. "다음 위문 가야 할 곳은 어디냐?"며 노인악단 총무가 멀든 가깝든 가리지 않고 스케줄을 잡으셨다.

이렇게 즐겁게 위문을 다니는 노인들께 내가 해 드릴 수 있는 일은

• 가수 조용필 씨가 기증한 드럼 한 세트(당시 시가 25만원)

드럼과 전자오르간을 장만해 드리는 것이란 생각이 들었다. 생각 끝에 선배 PD들에게 사정을 이야기했더니 가수 조용필 씨와 엘칸토 사장을 연결시켜 주었다. 조용필 씨는 드럼 한 세트(당시 시가 25만원)를 기증해 주었고, 엘칸토 사장은 미제 전자오르간(시가 200만원), 국산 닥트회사제 앰프 두 세트(각 시가 35만원, 각 베이스와 기타)를 쾌척하였다. 이렇게 그분들은 노인악단에게 좋은 악기를 장만해 주셨다. 많은 위문활동과 독지가들의 선행이 조선일보, 중앙일보, 한국일보, 서울신문, 신아일보, 일간스포츠, 소년동아, 여원 등 언론에 수십 차례 보도되면서 노인악단은 더욱 풍성한 이야깃거리를 낳았다. 그리고 안양교도소, 천사복지원, 인천직업훈련원, 정수직업훈련원, 성남직업훈련원, 관악구청, 강동구청, 성가양로원, 국립원호원, 근로복지공사 산업재활원, 법무부 안양소년원, 서울시립남부부녀보호지도소 등 많은 곳에서 초청장과 감사패를 받게 되었다.

감 사 장

동양방송장수무대
할아버지악단

위 단체는 재소자 교정교화에 깊은 관심을 가지시고
할아버지 악단 [illegible] 통하여 재소자 수양생활을
격려하여 주시고 정서순화에 크게 이바지 하였으므로
이에 감사장을 드립니다

1980년 5월 5일

안양교도소장 [illegible] 김 명[illegible]

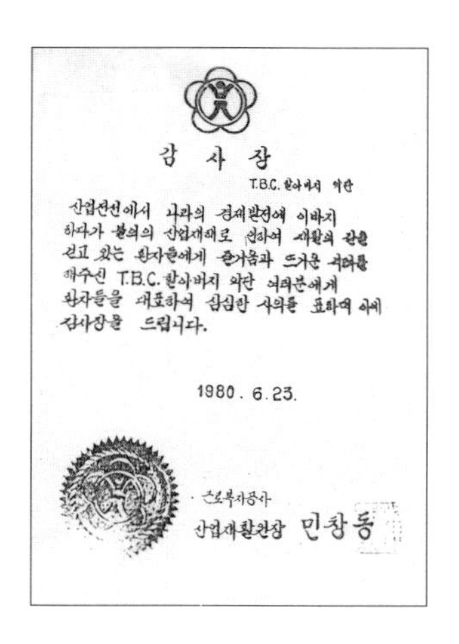
감 사 장

T.B.C. 할아버지 악단

산업전선에서 나라의 경제발전에 이바지
하다가 불의의 산업재해로 인하여 재활의 길을
걷고 있는 환자들에게 즐거움과 뜨거운 [illegible]
해주신 T.B.C. 할아버지 악단 여러분에게
환자들을 대표하여 심심한 사의를 표하여 이에
감사장을 드립니다.

1980. 6. 23.

근로복지공사
산업재활원장 민창동

노인악단이 받은 감사장들

# 일본이 생각 못한 아이디어

국내에서 화제를 몰고 다닌 '노인악단'이 급기야 바다 건너 일본에서도 주목을 받았다. 1979년 초겨울, 일본국제사회복지협회라는 곳에서 내게 연락이 왔다. 악단을 창단한 담당 PD와 노인악단 전원을 초청해 도쿄와 오사카, 나고야, 후쿠오카 지역 등의 양로원, 고아원, 지적장애인 시설에서 공연을 해 줬으면 좋겠다는 내용이었다. 하지만 당시는 직장인이나 일반인이 외국에 나가기가 여간 힘든 게 아니었다. 외국 출장은 사장 허가사항이었고 더구나 해외 업무 담당도 아닌 직원이 외국 출장 간다는 것은 거의 불가능했다. 게다가 내가 몸담고 있던 TBC 동양방송은 KBS와의 통폐합으로 어수선한 분위기여서, 일본 초청 얘기는 꺼낼 수조차 없었다. 결국 초청장은 내 서랍 속에서 먼지만 쌓여가고 있었다.

방송통폐합 이후 나도 KBS로 자리를 옮겨 근무하고 있었는데 일본 초청단체 측에서는 거의 1년이 지나도 가타부타 연락이 없자 다시 연락이 왔다. 일본 측에서는 내게 자초지종 사정을 듣더니 일본 주재 한국대사관을 통해 한국 노인악단의 일본 공연문제를 풀어보겠다고 제의했다. 이런 내용을 부장과 국장께 보고하니 국장은 일본 측에서 풀면 KBS 자존심이 상한다며, 며칠 후 이원홍 사장께 조심스럽게 노인악단 일본 공연에 관한 보고서를 올렸다. 초청과 비용은 일본에서 모두 지원하고 방송국에서는 별도의 지출이 없어 나는 닷새간 휴가를 가는 것으로 국장이 사장께 어렵게 승낙을 받아주었다.

### 일본인을 위로하다

1981년 5월, '노인악단'은 대망의 일본 공연 길에 올랐다. 노인악단은 일본에서 40여 일 동안 머무르며 도쿄, 오사카, 후쿠오카, 나고야 등 15개 도시의 양로원, 고아원, 장애인, 정신지체시설, 그리고 재일동포들을 위한 공연을 펼쳤다. 노인악단 공연은 일본에서도 NHK, 마이니치신문, 아사히신문, 요미우리신문, 산케이신문 등 가는 곳마다 현지 언론에 보도되면서 화제를 몰고 다녔다. 당시 KBS에서 일요일 밤 9시에 60분간 방송되던 〈뉴스파노라마〉 프로그램에서 KBS 일본특파원이 일본 현지의 생생한 소식을 15분여 동안 크게 전했다. NHK에서도 일본 전역으로 소개해 노인악단은 더욱 큰 화제를 낳았다. 일본인의 열렬한 반응에 기분은 무척 좋았는데, 한편 궁금증이 생겼다.

'대체 왜 이렇게 열광하는 것일까? 일본 언론은 왜 이렇게 관심이 높은 걸까?'

기대 이상의 반응에 나는 어리둥절하기까지 했다. 그런데 그 궁금

朝鮮日報

# 日本서 좋은 評 받은「할아버지 樂團」

## “보호 받아야 할 老境에「그늘」찾아 봉사”

## 40일 公演마치고 귀국…“내년 또 와 달라”

60세로부터 76세까지의 할아버지 할머니 밴드「할아버지악단」이 40여일동안의 日本공연을 마치고 돌아왔다. 일본국제사회복지협의회초청으로 지난 5월 출국하여 東京 大阪 名古屋등 15개도시 양로원 지체부자유자요양소 및 재일동포 위문공연을 펼쳤던 일행 18명은 그곳 보도매체의 대대적인 환영을 받았었다. 자신들도 보호받아야할 노인들이 다른 사람들을 위로하기위해 사회의 그늘진 곳을 찾아다녔다는 점으로 일본사회의 찬사를 받은것. 大阪 韓國총영사관의 한 관계자가 『한국의 한 악단이 일본서 이렇게 환영 받은 것은 처음』이라고 했을 정도다.

이번 공연성공으로 할아버지악단은 유엔이 정한「노인의 해」(내년)에도 일본 대만 및 美國위문공연교섭을 받고 있다.

◇한복차림으로 日本 신체장애자들에게 우리나라 가락을 들려주고 있는 할아버지악단.

79년4월 TBC「장수무대」출연으로 모이게된 할아버지악단(아코디언을 맡은 宋貴男할머니가 유일한 여성) 단원은 첫 해외 나들이를 통해 느낌도 많았다. 『늙어서도 남을 위해 봉사할수있어 기쁘다』는 최고연장자 宋[illegible]할아버지(76·피아노)는 『靜岡의 지체부자유자요양소에서 마루바닥을 기어나와 우리에게 악수를 청해오던 지체부자유 어린이의 모습이 잊혀지지않는다』면서 할수있을때까지 불우한 이웃을 찾아 노래를 들려주고 위안하는 이모임을 계속하겠다고 했다.

드럼을 치는 申昌均할아버지(65)는 大阪 양로원에서 3시간이나 계속된 연주를 이야기했다. 휠체어나 침대에 누워 구경하던 이들이 90분 공연이 너무짧다고 아쉬워했기때문이었다.

그들은 자기네 정부가 대주는 그 어떤 물질적 선물보다도 뜻 깊고 소중한 선물을 준 시간이었다면서 내년에도 와 달라고 부탁했다.

할아버지악단멤버도 『국경을 넘어 외로운 동료노인들에게 기쁨을 줄 수 있어 보람이 있었다』고 입을 모았다.

『日本 양로원시설은 호텔같더군요. 시설뿐아니라 관계하는 인원도 상당히 많구요. 1백여명의 양로원에 요리사 간호원 의사등 직원이 85명이나 있어요.』

그러나 물질적면에서 풍부한 그곳 노인들의 자살률이 높다는 사실은 놀라운것이었다. 젊은부부나 청소년의 敬老정신이 흐려지는등 노인문제가 심각해지고 있는 것이 요즘의 일본이기 때문이다.

젊은사람도 하기어려운 일을 해내고 돌아온 할아버지악단은 다시 양로원 고아원 교도소 산업장을 찾아 우리 이웃을 찾아다니게 된다.

처음부터 이들을 뒷바라지하고 있는 KBS텔리비전 예능3부 洪[illegible]프로듀서는 창단때「장수무대」PD로 이들과 인연을 맺은후 지금까지 악단활동을 돕고있다.

日本연주의 프로그램은「선구자」「추억」「아 목동아」「노래하며 춤추며」등 70여곡. 할아버지악단은 여독을 푸는대로 귀국연주회를 갖고 TV와 라디오에도 출연할 예정이다. 〈申世義기자〉

노인악단 일본 공연을 보도한 조선일보(1981년 7월 17일 )

증은 며칠 지나지 않아 일본국제사회복지협회 관계자들을 통해 풀 수 있었다. 노인악단에 참여했던 한국 노인들은 일본 강점기에 일본인에게 온갖 핍박과 설움을 받았던 세대였다. 일본 입장에서 보면 피해자이고 오히려 위로를 받아야 할 사람들이었다. 그런데 그런 분들이 핍박과 설움을 주었던 일본에 와서 일본의 노인들과 소외된 사람들을 도리어 음악으로 위로하는 모습을 보니 고마워서 화제와 관심을 불러일으켰다는 것이다. 옆에 있던 민단 관계자가 '한국 노인악단인 민간단체가 와서 일본 언론에 대대적으로 보도된 것은 아마도 처음일 것'이라고 우쭐댔다. 또 다른 일본국제사회복지협회 관계자는 노인문제를 푸는 데 있어서 한국보다 훨씬 앞섰던 일본에서조차 '노인악단'은 미처 생각하지 못했던 아이디어였다고 전했다. 그래서인지 일본국제사회복지협회에서 한국 노인악단을 벤치마킹 대상으로 보고 연구한 끝에, 우리 노인악단이 일본 공연을 마치고 귀국한 지 1년 후 일본에서도 노인악단을 탄생시켰다.

처음에는 어렵게 시작한 일이었지만 이런 성과를 거두자, 아이디어와 기획 그리고 추진력에 대한 원칙과 신념이 가슴속 깊이 새겨졌다. 노인악단을 통해 얻은 다양한 경험은 이후 PD로서 30여 년 동안 방송을 제작하며 다음과 같은 소중한 자산으로 남겨줬다.

첫째, 새로운 것을 추구하자.
둘째, 창의력이 생명력이다.
셋째, 기획이 중요하다
넷째, 추진력이 있어야 한다.
다섯째, 미래를 볼 줄 알아야 한다.
여섯째, 시야를 세계로 넓히자.

## 보람, 그리고 실망

노인악단이 일본 공연 장도(壯途)에 오른 지 한 달쯤 지나, 나는 5일 동안 휴가를 얻어 도쿄 지역 공연 몇 군데만 참석하기로 했다. 도쿄 인근의 '다치카와(立川)' 양로원 공연에 참석하니, 공연이 끝나고 객석에 앉아 있던 나를 발견한 노인악단원 중 한 분이 반가운 마음에 내 손을 잡고 눈물을 흘렸다.

"이 늙은이가 칠십 평생 살아오며 요즘처럼 황제 대우를 받아 본 적이 없었다네. 그것도 처음 와 본 일본에서……. 이게 모두 홍 선생 덕분일세."

"국경을 넘어 외로운 동료 노인들에게 기쁨을 줄 수 있다니 이렇게 보람될 수가 없어."

"늙어서도 남을 위해 봉사할 수 있다니 죽어서도 여한이 없네."

다른 노인악단 단원들도 돌아가며 내 손을 잡고 맞장구를 쳤다. 30여 일간 공연하며 융숭한 대접을 받았던 일들, 일본 객석의 반응을 듣고 혈색이 좋아진 노인악단원들의 모습을 보니 '그동안의 노력이 헛되지 않았구나' 하는 뿌듯함이 밀려왔다.

오사카(大阪) 양로원에서는, 일본 정부가 주는 그 어떤 물질적 선물보다도 뜻 깊고 소중한 기회였다며 내년에도 와 달라고 부탁을 해왔다. 이번 공연의 성공으로 노인악단은 유엔이 정한 '노인의 해'인 1982년에도 일본과 대만 및 미주 위문공연 교섭을 받기도 했다.

그러나 호사다마라고 해야 할까? 노인악단이 일본 공연과 국내 초청 위문공연 등으로 명성이 높아지자 악단 내에서 주도권 다툼과 갈등이 빚어졌다. 사소한 충돌도 있었지만 가장 큰 문제가 된 것은 역시 돈이었다. 일본 체류비용 일체를 초청단체 측에서 부담했는데 그 외에도 공연을 마치고 나면 각 초청단체마다 노인악단에게 고맙다고 3만 엔 정도 사례를 했다고 한다. 대략 40여 일 간 30여 곳에서 공연했으니 모두 80~90만 엔(현재가 약 1천만원 수준) 정도는 족히 받았을 거란다. 사례금이 노인악단원들에게 골고루 돌아가지 않고 한두 사람 주머니에 들어갔다고 누군가 흥분해서 나에게 성토를 했다. 처음에는 사람들 앞에서 공연할 수 있다는 사실만으로도 기뻐했던 분

● 1981년 다치카와 양로원 공연 현장사진

● 노인악단 일본공연 마치고 찰칵!

들인데, 견물생심이란 어쩔 수 없는 것인가 보다. 결국 일본 공연 이후 악단원들 사이에 틈이 벌어지고 연습에 빠지는 단원들이 생기며 노인악단은 점점 흐지부지되어갔다. 나는 안타까운 마음에 단원들을 모두 방송국 부근 음식점에 모시고, 서로 이해시키도록 노력했지만 두세 노인을 악단에서 방출하라며 고집을 꺾지 않는 몇몇 노인들로 인해 아무래도 초심으로 돌아가기는 어려울 듯했다. 그 이후 단원들이 한 분 한 분 세상을 떠나실 때마다 노인악단 총무께서 연락을 주셨다. 그분들의 장례식에 참석할 때면 마음이 착잡했다.

그렇지만 나에게는 프로그램으로, 사회적으로, 물의(?)를 일으킨 '첫 작품' 노인악단은 PD 생활에 큰 방향을 제시해 줬고 커다란 보람과 아울러 실망감도 남겨 주었다. 지금쯤은 하늘에서 이런저런 안 좋았던 일들은 다 잊고 즐겁게 연주하시리라 믿는다. 함께 희로애락을 나눈 대한민국 최초의 노인악단 열세 분의 이름을 이 자리에 남겨 기억하며 명복을 빌고자 한다.

김화영—74세, 바이올린
신창균—66세, 드럼
이연우—67세, 바이올린
정창용—60세, 알토 색소폰
주귀남(여)—66세, 아코디언
최성재—68세, 베이스 기타
한영춘—61세, 테너 색소폰
송희선—77세, 전자오르간
이병상—68세, 알토 색소폰
이춘식—71세, 만돌린
조처빈—74세, 하와이언 기타
최석남—68세, 기타
한영철—74세, 클라리넷

(당시 연세임)

# 방송통폐합이 나를 살렸다?

신군부가 집권하고 1980년 12월, 방송사와 신문사들에 거대한 태풍이 몰아쳤다. 바로 전격적으로 단행된 언론통폐합이 그것이다. 그런데 언론통폐합은 아이러니하게도 내가 살아날(?) 수 있는 계기가 되었다. 사정은 이렇다.

**라디오 PD, 텔레비전 PD를 넘본 괘씸죄**

당시 TBC 동양방송에서는 노인 대상 프로그램으로 라디오에서는 〈장수무대〉를, 텔레비전에서는 〈장수만세〉를 방송하고 있었다. 그런데 '노인악단'이 화제가 되자 텔레비전 제작부차장에게서 연락이 왔다.

"홍 PD, 자네 혹시 〈장수만세〉 해 볼 생각은 없는가?"

같은 방송이라도 라디오와 텔레비전은 전혀 다른 매체이고 제작 방식도 크게 다르다. 매체가 다른 만큼 라디오 PD와 텔레비전 PD는 일의 내용도 차이가 크다. 그러니 라디오 PD가 텔레비전 PD로 간다는 것은 거의 '불가능'에 가까운 일이었다. 그런데 이런 제의를 받으니 놀랍기도 하고, 한편으로는 반갑기도 했다. "부서를 옮길 마음이 있다"고 하니 며칠 후 TV제작부차장이 조용히 TV제작부장과의 만남을 주선해 주었다. 그 자리에서 라디오의 한계로 접어 두었던 아이디어들을 이야기하며, "맡겨만 주시면 열심히 하겠다"고 하니 TV제작부장도 좋다고 한다.

"하지만, 라디오에서 자네를 놔 줄까……?"

"제가 직접 말씀드려 보겠습니다. 그러니 얘기가 잘 풀릴 수 있게 부장께서 절 좀 지원해 주십시오."

며칠 후, 라디오 국장의 호출이 있어 갔더니 점잖게 화를 내신다. 텔레비전 쪽에서 홍 PD를 데려가겠다는 요청이 왔는데, 자네를 보내면 다른 PD들도 모두 텔레비전 제작부로 가려고 할 것이라는 이야기였다.

"개미구멍 하나 때문에 방죽이 무너지는 꼴이니, 자네를 절대로 보낼 수 없네!"

라디오 국장의 말에 나는 커다란 실망감에 빠졌다. 그런데 그 일이 단순한 질책으로만 끝난 게 아니었다. 얼마 후 나는 괘씸죄에 대한 죗값(?)으로 '프로그램 몰수'를 당했고, 텔레비전은커녕 〈장수무대〉 연출 자리에서도 물러나게 되었다. 그리고 내게 맡겨진 것은 방송 프로그램이 아니라 지금의 방송국 부설 문화강좌와 같은 '여성대학' 담당이었다. 당시 방송 이외에 문화사업에 눈을 돌리고 있던 TBC에서는, 일본 민간 방송국의 사례를 참조하여 라디오 공개홀이 비는 시간을 활용해 '여성대학' 이라는 문화강좌를 만든 터였다.

PD가 프로그램 제작도 아니고 방송도 안 나가는 문화강좌를 맡으라니, PD로 입사한 나에게는 귀양살이나 마찬가지였다.

'하지만 어쩌겠나, 어차피 맡은 일인데 열심히 할 수밖에.'

나는 체념 반, 오기 반으로 6개월이 넘게 '여성대학' 일에 몰두했다. 그러나 마음 한편으로 응어리가 커지고 있음을 부인할 수는 없었다. 텔레비전 쪽에서 온 제의를 받아들였다가 괘씸죄에 걸려 하루아침에 귀양살이를 하게 됐으니, 팔팔하게 일할 나이에 내 처지가 한탄스러웠다. 이게 뭔가, 하루하루가 지루하고 견디기 힘들었다.

전후 사정을 아는 선배 PD들은 나를 위로해 주려고 애썼지만 그것으로 문제가 해결될 리 만무했다. '사표를 쓸까?' 하는 마음이 하루에도 몇 번씩 들었다. 그러다 텔레비전으로의 이적을 제의했던 차장을 찾아가 사정을 얘기했더니, 그분도 정황을 잘 알던 터라 매우 미안해했다. 그러면서 이번에는 방송을 총괄하는 윗분을 만나 사정을 얘기해 보면 어떻겠느냐고 자문을 해줬다. 어차피 궁지에 몰린 상황이라 거리낄 게 없었다. 며칠 후, 어렵게 윗분의 자택까지 찾아가 자초지종을 말씀드리니 "알았다"고 하셨다.

다음날 오후, 라디오 국장이 나를 부르기에 갔더니, "내가 안 된다면 안 되는 거지, 이번에는 위에다 줄을 대!" 하며 노발대발했고, 그야말로 나는 '찍힌 데 또 찍힌' 오리알 신세가 되어 오갈 데가 없었다. 그야말로 최악의 상황에 몰려 하루하루 지옥 같은 나날을 보내게 되었다. 나는 호주머니 속의 사직서만 만지작거리며 세월을 죽이고 있었다.

### 사형선고(?) 받았던 프로듀서

그러던 중 방송통폐합이란 초유의 사태가 일어나 나 역시 TBC 동양방송에서 KBS로 하루아침에 회사 소속이 바뀌게 되었다. 라디오국 소속이니 KBS에서도 일단은 라디오국으로 발령이 났다. 같이 KBS로 옮긴 몇몇 라디오 선배 PD들은 내게 '상황이 되면 TV제작부로 가라'며 위로 반, 격려 반 조언을 해 주었다. 마침 처음 텔레비전 이적 제의를 했던 차장도 KBS로 오면서 TV제작부장으로 승진했다. 방송국 복도에서 우연히 그 부장을 만나니, 나를 불러 세워 "이번에는 확실히 해야 한다"며 "라디오 쪽에서 보내만 준다면 무조건 받아주겠다"는 확답을 했다. 그 후, 라디오 선배들에게 조심스레 부탁을 하니, 이번에는 선배들이 라디오 편성국장을 설득하기 위해 나섰다.

"국장님, 홍 PD를 텔레비전으로 보내주시지요. TBC에서 프로듀서로서는 사형선고까지 받았던 친굽니다. 그것도 다들 꺼리는 노인 프로그램을 하겠다고 저러는데, 그만큼 고생시켰으면 이제는 보내주는 게 도리 아니겠습니까."

평소 말이 없던 이 모 선배가 라디오 편성국장을 강력하게 설득해 허락을 받았다는 이야기를 듣고 그 용기에 놀라움을 감출 수 없었다. 여러 선배 PD들의 도움으로 며칠 후 나는 TV제작부로 자리를 옮기게 되었다. 몇 십 년이 지난 지금도 이 모 선배에게 감사한 마음이다. 방송통폐합 공과(功過)에 대해서는 여러 가지 평가들이 있겠지만, 그에 대한 견해는 접어두고 내 개인사만을 놓고 본다면 방송통폐합 덕분(?)에 유배생활에서 벗어난 셈이니, 노력하며 기다리면 기회가 주어지는가 보다.

# 노인능력은 보물

우여곡절 끝에 TV제작부로 옮긴 후, 노인 대상 프로그램인 〈장수만세〉를 담당하게 되었다. 방송국에서 노인 프로그램은 PD들에게 그다지 환영 받지 못했지만 내게는 이보다 더 좋은 기회가 없었다. TV제작부로 갈 생각을 했던 가장 큰 이유도, 라디오 매체의 한계로 포기했던 아이디어들을 TV에서 좀 더 다양하게 실현하고 싶다는 생각 때문이었다.

### 폐품을 예술로 만드는 미다스 손

〈장수만세〉는 3대 가족이 출연하는 토크 프로그램이다. 모든 방송 PD는 늘 'something new', 곧 새로운 것을 추구해야 한다. 'something new'는 PD에게 운명이자 사명이다. 〈장수만세〉를 새롭게 꾸밀 수 있는 아이디어를 궁리하다 문득 어릴 적 시골 동네 어르신들의 손재주가 떠올랐다. 요즘은 '재활용품'이란 단어를 쓰지만 예전에는 '폐품', 곧 '못 쓰는 물건'이라 칭했다. 젊은이들에게는 불필요한 물건이지만, 노인들은 근검절약이 몸에 배어 허투루 버리지 않는다. 못 쓰는 물건도 노인들 손을 거치면 유용한 것으로 재탄생한다. 참 신기한 손재주다! 그래, '폐품'을 활용해 노인솜씨자랑대회를 개최하는 건 어떨까?

당장 솜씨자랑대회에 나올 '폐품 작품'들의 예상목록을 뽑아 보았다. 헌 신문지를 물에 담가 풀어헤쳐 모양을 만들어 말리면 여러 가지 형태가 나온다. 또한 할머니들은 헝겊조각도 버리지 않고 모았다가 구멍 난 옷이나 양말을 기우는 데 사용한다. 이리저리 궁리해 보니 가능성이 있을 것 같았다. 곧바로 기획안을 만들고 〈장수만세〉 프로그램을 통해 '폐품이용 노인솜씨자랑대회'를 알렸다. 노인들의 반응은 가히 상상을 초월했다. '작품을 만들어 언제, 어디로 가면 되느냐?'는 문의가 줄을 이었다. 전화통에 불이 났다. 다른 프로그램 PD들까지 전화기를 붙잡고 씨름하는 지경에 이르게 되자, 선후배, 동료들에게 미안하기도 했다.

프로그램 예고방송이 나가고 예비심사일에 맞춰 전국 각지에서 물건들이 속속 도착했다. 세상에! 이건 단순한 폐품 활용이 아니라 '작품'이었다. 심지어는 예술적 감각이 녹아 있는 마스터피스, 가히 '예술품'이라고 불러도 좋을 만한 작품들이 수두룩했다. 젓가락 문화에 익숙한 우리 젊은이들이 해마다 세계기능올림픽대회에서 뛰어난 손재주와 예술적 감각으로 세계를 제패하는 게 다 이유가 있었다. 한국인의 손끝에 숨어 있는 내력이 고스란히 숨 쉬고 있었던 것이다.

## 살아 있는 효 교육

작품 접수를 받은 방송국 관계자들은 상상을 뛰어넘는 노인들의 솜씨에 혀를 내두르며 찬탄을 아끼지 않았다. 하나같이 버릴 게 없는 일품이었지만 예비심사를 거쳐서 고심 끝에 50여 점 작품을 선정해 〈특집 장수만세 폐품이용 노인솜씨자랑대회〉를 제작, 방송했다.

헝겊조각을 이용한 색동골무와 아기이불, 나뭇조각을 이용한 집

● 〈특집 장수만세 폐품이용 노인솜씨자랑대회〉 제작현장

안 가습용 물레방아·군함·물레, 헌 신문을 이용한 바구니와 쌀통·종이문갑, 자투리 실로 만든 바늘꽂이와 어린이용 장난감 공, 그리고 짚으로 만든 방석과 짚신, 달걀 보관 바구니 등 정성이 깃든 예술작품이 방송에 소개됐다.

1984년 3월 전파를 탄 이 프로그램은 세간에 많은 화제를 낳았다. 특히 전국의 초등학교, 중학교에서 방송 테이프를 복사해 달라는 요

● 〈특집 장수만세 폐품이용 노인솜씨자랑대회〉 출품 작품(위) ●심사위원단

청이 줄을 이었다. 학생들에게 '경로효친' 사상과 '효' 교육을 위한 자료로 쓰고 싶다는 이유에서였다. 그래서 방송국 내부 결재를 받아 약 70여 개 초·중학교에 '폐품이용 노인솜씨자랑대회' 프로그램 복사 테이프를 보내줬다. 그동안 교육현장에서 학생들에게 노인들을 잘 모셔야 한다고 아무리 이야기해도 효과가 없었다는 어느 교사의 말이 지금도 기억에 남는다.

"백 마디 말보다 노인들 능력을 보여주는 게 무엇보다 효과 있는 경로효친 교육이다. 이 프로그램이야말로 바로 '효'에 대한 살아 있는 교육이었다!"

# 솜씨, 대형 백화점 '판매장'으로 가다

〈폐품이용 노인솜씨자랑대회〉 특집 프로그램은 성공적으로 끝났다. 하지만 노인들의 놀라운 솜씨가 단발성 특집방송으로 끝나기에는 아쉬운 점이 많았다. 언젠가부터 동서양을 불문하고 '앤티크(antique)'는 컬렉션의 대상일 뿐만 아니라 투자가치가 있는 품목으로 인기를 끌었다. 우리나라 가정이나 업소에도 고풍스러운 물건들을 수집하여 장식품으로 즐겨 활용하는 예가 있으니, 노인들 작품을 상품화하면 어떨까 하는 생각이 뇌리를 스쳤다. 노인솜씨 전문매장을 개설한다면 소일거리도 되고 용돈도 벌 수 있으니, 이보다 좋은 일이 있겠는가? 자, 그럼 어디에 매장을 낸다?

### 상품으로 거듭난 솜씨작품

인구 유동량이 많고 입소문도 날 수 있는 번화가에 매장이 자리 잡을 수 있다면 얼마나 좋을까? 그리고 또 임대료는 내지 않고 수익이

고스란히 노인에게 돌아가야 한다는, 경제 논리로는 말도 안 되는 바보 같은 나만의 원칙을 가지고 이곳저곳을 수소문했다.

그러다 노른자위 상권이라 할 수 있는 서울시청 부근 소공동 조선호텔 앞의 반도조선아케이드 사장을 만날 기회가 있었다. 노인들 작품을 보여주며 설득을 하니 뜻밖에 흔쾌히 승낙했다. 당시 반도조선아케이드에는 외국인 관광객들이 많이 오갔는데, 한국의 전통적인 멋이 묻어나는 물건들을 많이 선호했다. 그들 취향에 노인들 작품이 잘 어울릴 것이니 비록 매장 임대료를 받지 않더라도 외국인 관광객이 유입되는 효과가 있을 것이라고 판단한 것이다.

반도조선아케이드 사장 주선으로 노인솜씨매장이 1983년 5월, 아담한 규모로 문을 열었다. 이른바 '생활수공예품 상설매장'에는 색동골무, 노리개, 수저집, 상보, 토시, 종이문갑, 지게, 물레, 짚신, 나막신 등 옛 정취가 물씬 나는 다양한 생활용품이 빼곡하게 들어차 있었다. 노인들은 정교한 솜씨를 발휘하여 자신들이 직접 만든 갖가지 작품들을 정성껏 진열했고, 순번을 정해 매장을 지켰다. 매상이 많든 적든 전국 각지에서 참여한 200여 노인들은 매장을 민주적으로 운영하고 이윤을 민주적으로 분배했다. 솜씨매장은 언론의 많은 관심과 화제를 낳으며 호조를 보였다. 하지만 몇 달 후, 아케이드 경영진에 변화가 생기면서 더 이상 임대료를 내지 않고는 매장을 운영할 수 없게 되었다.

'임대료 없이 매장을 유지할 수 있는 방법이 없을까' 여러 날 고심하며 퇴근하던 길에 우연히 강남구청역 사거리 부근의 영동백화점이 눈에 띄었다. 나도 모르게 일단 '부딪쳐 보자'는 생각에 발걸음이 저

절로 옮겨졌다. 영동백화점은 강남에 생긴 최초의 백화점이었지만 당시 신세계나 롯데, 미도파 백화점보다는 인지도 면에서 떨어졌다. 그러니 대외적인 홍보가 필요하지 않을까 하는 생각에 영동백화점 실무자를 접촉하게 된 것이다. 행운이었는지 어렵게 백화점 전무를 면담할 수 있었다.

### 아홉 번 찍어 넘어가는 나무

전무에게 노인솜씨매장에 대해 설명하니 관심을 보였다. 우선 5층 귀퉁이에 두세 평 정도는 가능할 것 같은데, 백화점 규정상 판매액의 30%를 임대료 명목으로 내야 한다고 했다. 그의 말에 나는 난감했다. 취지를 십분 이해해줬던 반도조선아케이드 경영진은 임대료를 받지 않아 작품을 저렴하게 팔 수 있었고 노인들도 즐겁게 용돈을 벌 수 있었다. 하지만 수익금의 30%를 백화점 측에 내고 나면 노인들에게 돌아갈 몫이 크게 줄어든다.

나는 물러설 수 없었다. 노인솜씨매장을 공익사업 장소로 만들면 백화점도 홍보되니 임대료를 면제해 달라고 재차 부탁하고 설득했다. 그러나 전무 역시 자신에게 재량권이 없다며 난색을 표했다.

하지만 그 문제라면 나도 할 말이 있었다. 내가 연출했던 〈장수만세〉도 예외규정을 적용했던 전례가 있기 때문이다. 1980년대, KBS에서는 연예인이건 사회 저명인사건 일반인이건 출연료는 누구를 막론하고 녹화 후 일정 기간이 지나야 경리부에서 찾도록 돼 있었다. 요즘은 온라인 계좌이체로 바로 처리되지만 그때는 번거롭게도 방송국을 다시 방문해 출연료를 찾아야 했다.

하지만 〈장수만세〉에 출연하는 몇 십 명의 가족들, 특히 지방에서 녹화 전날이나 당일 새벽 상경해 평생 처음 방송에 출연하는 노인들과 가족들에게 그런 불편한 원칙을 적용한다는 것은 불합리한 일이었다. 무모하게도 여러 부서에 지속적으로 요청하고 설득한 끝에 〈장수만세〉 프로그램만 예외로 녹화 당일 출연료를 지급하기로 결정되었다. 당시에는 경리부에서 출연료가 지불되기까지는 일곱 개의 도장이 찍혀야 했다. 조직 규모나 체계로 본다면 KBS가 영동백화점보다 몇 수 위였으니, 합당한 근거를 가지고 노력하면 예외도 존재할 수 있으리라고 생각했던 것이다.

그런 믿음을 갖고 자존심이 상하기도 했지만 여러 번 전무를 만나 부탁을 했다. 백화점 측에서는 절대로 사장은 못 만나게 가로막으니 전무와 계속해서 말씨름을 할 수밖에 없었다. 결국 열 번 찍어 안 넘어가는 나무 없다고 전무가 며칠 뒤 사장에게 보고하고, 중역회의를 거쳐 임대료를 받지 않기로 최종 결정이 났다. 대신 판매금은 한 달 뒤에 지급하겠다는 단서가 붙었다. 두 달여 만에 합의에 이르러 1984년 5월, 영동백화점에 노인솜씨매장을 오픈하게 되었다.

백화점에 노인솜씨 판매장이 개장하자 언론사들이 많은 관심을 보였다. 특히 KBS-2TV 〈생방송 오늘〉 프로그램에서는 TV중계차까지 출동해 소개한 덕분에 많은 손님들이 매장을 찾았다. 그러나 노인매장이 아무리 잘 돼도 내게 돌아오는 수입은 없었고 오히려 자원봉사 하는 노인들을 챙겨드리느라 내 용돈이 더 지출되었다.

### 화목, 의외의 성과를 얻다

"둘도 많다! 하나씩만 낳아도 삼천리는 초만원."

1980년대 초의 사회 분위기는 정부의 가족계획 정책으로 핵가족화가 대세였다. 하지만 노인인구가 점차 늘어나고 핵가족화에 가속도가 붙으면서 노인들은 가정에서 소외되었다. 그 밑바탕에는 경제적 문제가 깔려 있었다. 농경사회에서 산업사회로 탈바꿈된 1980년대 초에는 노인들은 돈을 벌지 못하고 얻어 쓰기만 하는 존재로 인식되었다. 노인들의 지위는 '가정의 어른'에서 '가정의 짐'으로 전락해 갔다. 소일거리도 없이 하루 종일 경로당과 공원, 그리고 거리에서 시간을 보내다 집에 오면 눈칫밥을 얻어먹는 천덕꾸러기 신세가 되곤 했다. 솜씨판매장이, 노인이 '얹혀사는' 존재가 아닌, 경제적 자립을 이룰 수 있는 대안으로 인식되자 언론뿐 아니라 사회 일각으로부터 많은 각광을 받았다.

영동백화점 솜씨판매장이 자리를 잡자 노인들도 소속감과 자신감을 갖게 되었다. 그즈음, 여러 번 작품을 내놓아 판매했던 충청도 할아버지의 며느리가 방송국에 편지를 보내왔다.

"솜씨판매장에서 생긴 수입 덕분에 시아버지께서 쌀과 배추, 콩나물을 사 오셨어요. 그리고 시어머니 용돈에 손자들 학용품비까지 주시니 가계에 많은 보탬이 됩니다. 가지고 계신 능력을 발휘하여 즐겁게 뭔가를 만드시는 모습을 보면 마음이 흐뭇합니다. 덕분에 가족들 간에 대화가 많이 늘고 화목해졌어요. 이런 기회를 만들어 주신 홍 PD님께 진심으로 감사드려요."

매장이 활성화될수록 전국 팔도에서 할머니·할아버지·아들·며느리·딸·손자손녀들이 종종 이런 내용이 담긴 편지를 보내왔다. 일거리를 통해 용돈이라도 벌 수 있었으면 하는 생각에서 출발했던 일이 '가정화목'이라는 또 다른 성과를 일구어냈으니, 마음 한구석이 뿌듯해졌다.

### 아쉬웠던 기업 무관심

요즘은 기업들이 사회공헌에 많은 관심을 갖지만 1980년대만 해도 공익사업에 대한 기업들의 인식이 부족했다. 그래서 일을 추진하는 과정에서 기업들의 '무관심의 벽'에 부딪칠 때가 많았다. 그나마 노인솜씨판매장을 열게 해 준 영동백화점은 진취적인 편이었다. 그러나 영동백화점 경영권이 다른 곳으로 넘어가게 되어 노인솜씨판매장도 막을 내렸다.

노인악단에 이어서 노인솜씨자랑대회, 그리고 노인솜씨판매장으로 이어지는 일들을 거치게 되자 노인문제를 풀어가는 방법이 어렴풋이 머릿속에 그려졌다. 노인문제가 분명 사회적 이슈임에는 틀림없지만, (초)고령사회를 대비한 정책적 전략과 전술은 매우 미미한 수준에 머물러 있었다. 시대 흐름에 맞는 아이디어를 바탕으로 '경제성'과 '화제성' 그리고 이로 인한 '가족화목'을 이루는 것 역시도 전략·전술의 하나일 것이다. 노인악단과 노인솜씨판매장은 노인들의 무한한 가능성과 잠재력을 보여준 특별한 사건이었다. 특히 여론의 관심을 이끌어내 시너지 효과를 낼 수 있는 정책과 이벤트를 개발하면, 정부와 기업들이 노인문제의 중요성을 인식하고 동참할 수 있을 것이다.

# 손맛, 사람을 홀리다

〈장수만세〉를 통해 '특집 폐품이용 노인솜씨자랑대회' 프로그램을 끝마치자, 노인들이 능력을 발휘할 기회를 더 많이 만들어보자는 생각을 하게 되었다.

'노인들의 재능을 표출할 방법이 또 뭐가 있을까?'

1980년대 들어 핵가족화가 되면서 식품산업이 발달하기 시작했다. 덕분에 생활은 간편해졌지만 그에 따른 병폐도 늘어났다. 석회를 넣어 만든 두부, 비료로 키운 콩나물, 우지라면 파동 등 크고 작은 불량식품 사고들이 점점 증가했다. 불량식품 파동이 신문과 방송에 크게 보도되면 사람들은 '도대체 뭘 믿고 먹어야 하나' 하고 불안에 떨었다. 이런 모습을 보다가 어머니가 해 주시던 자연의 재료로 만든 음식에 대한 기억이 났다. 각종 첨가물과 가공식품이 범람하는 사회라 해도 많은 사람들은 우리 할머니나 어머니 손맛에 대한 그리움을 느낄 것이다.

'그렇다면, 노인들이 잡수려고 집에서 만든 된장이나 고추장, 메주와 간장 그리고 장아찌 같은 음식을 가지고 밑반찬장터를 열어 드리면 어떨까?'

## 아무렴 거짓말 하시겠어요?

장터의 이름을 뭐로 할지로 생각이 옮겨갔다. 여러 가지 제목을 써 놓고 생각하다 '토종의 맛 장터'로 결정했다. 다음 할 일은 장터에 나올 음식들을 모으는 것이다. 〈장수만세〉에 출연했던 노인 출연자들에게 취지를 이야기하고, 노인대학장들을 비롯해 여러 경로를 통해 노인들이 가족과 함께 잡수려고 집에서 담근 된장이나 고추장, 막장 그리고 그 외 '토종의 맛 장터'에 어울리는 음식들을 한 종발이('보시기'를 뜻하는 충청도 사투리)씩 가지고 나와 달라고 주문했다.

1983년 5월, 반도조선아케이드에 노인솜씨판매장을 열고 나서 비슷한 시기에 5일장으로 '토종의 맛 장터'를 개최토록 주선했다. 첫날부터 주부, 직장인, 일반인, 외국인 들이 장터에 몰려들어 대성황이었다. 예상을 뛰어넘는 호응 속에 마침 된장과 고추장을 사들고 장터를 나서던 한 주부에게 '왜 이런 음식들을 사느냐?'고 물어보았다.

"우리 할머니, 할아버지들이 잡수려고 만드신 건데 아무렴 거짓말 하시겠어요?"

불량식품 파동이 여러 차례 일어나고 식품업자들에 대한 불신이 점점 쌓여 가는 상황에서 노인들이 직접 만든 음식이라면 믿고 살 수 있다는 이야기였다. 이런 열렬한 호응 때문에 오히려 문제가 생겼다. 처음에 5일로 계획했던 장터 일정이 개장 이틀 만에 준비한 음식들이 모조리 동이 나 차질이 빚어진 것이다. 장터를 더 이상 계속할 수 없었다.

장터에 참가했던 노인대학 관계자들은 "아직 일정이 사흘이나 남았으니 다른 곳에서 음식을 구입해서라도 팔자"고 주장했다. 하지만 나는 "절대 안 된다"고 그들을 설득했다. 몇 푼 이익을 위해 어쩌면 사기 행위가 될 수도 있는 짓을 하면 안 되기 때문이다. 장터 첫날, "우리 할머니, 할아버지들이 아무렴 거짓말 하시겠냐"고 했던 아주머니의 믿음을 몇 푼 이익을 위해 저버릴 수 없었기 때문이다. 다시 한 번 '견물생심'이란 말을 절감하게 되었다. 돈이 생기니까 사람들 속일 생각을 하고 주도권 다툼을 벌이는 몇몇 노인대학장들의 모습을 보니, 노인악단 일본 공연 때의 사례금 사건을 떠올리게 해 또 한 번 실망감이 들었다.

결국 '토종의 맛 장터'는 준비된 물건이 부족해 이틀 만에 막을 내리고 말았다. "모든 음식이 판매돼 부득이 장터를 일찍 끝마치게 되었다"라는 사죄성 안내문을 써 붙였다. 하지만 뒤늦게 찾아온 사람들로부터 항의가 빗발쳐 애를 먹었다고 반도조선아케이드 관계자가 전해줬다. '토종의 맛 장터'는 이듬해 3월과 5월에 두 차례 더 개최되었다. 노인대학들의 참여도 활발했고, 메주와 밑반찬 판매사업의 규모도 날로 확대되었다. 이제는 굳이 내가 관여할 이유가 없었다.

대형 백화점에서 이런 아이템을 놓칠 리 없었다. 앞다투어 메주와 고추장 등을 판매하는 계절 이벤트를 유치하기 시작했다. 요즈음도 백화점에 가 보면 고향의 맛을 내세운 장터가 열리곤 한다.

훗날 들은 이야기인데, '토종의 맛 장터'는 결국 이익금 배분을 둘

러싸고 노인대학장들끼리 주도권 다툼과 갈등을 벌이는 통에 흐지부지되고 말았다고 한다. 참으로 안타까운 일이다. 황금알을 낳는 거위의 배를 가르는 욕심이 항상 문제인 것이다. 노인들도 의식을 바꿔야 한다.

### '진달래주스' 한잔 먹어봐요

'토종의 맛 장터'에 나온 음식들 중에 지금까지 기억에 남는 게 하나 있다. 항아리에 음료수를 담아 파시던 한복을 곱게 차려입은 할머니 이야기다. 장터가 열린 5월에는 현장에서 이리저리 바쁘게 뛰다 보면 땀이 줄줄 흘렀다. 그런 내 모습을 보신 할머니께서 항아리에 담긴 음료수를 한 바가지 퍼 주셨다.

"방송국 아저씬가 본데, 시원하게 이거 한번 마셔 봐요. 건강에도 좋아요!"

바가지에 담긴 음료를 보니 색깔이 예뻤다. 생전 처음 보는 분홍색 음료를 한 모금 마시니 맛과 향이 시쳇말로 '짱이다!' 도대체 무엇으로 만드신 거냐고 여쭤보니 지난 봄, 산에서 진달래를 한 소쿠리 따 만든 일명 '진달래주스'라고 하신다. 진달래주스? 주위에서 구경하던 사람들도 한 바가지씩 사 먹으며 독특하면서도 향이 그윽하다고 좋아했다. 진달래주스는 금방 바닥 나 버렸고 언론에까지 보도되면서 화제가 되었다.

진달래주스가 '토종의 맛 장터'를 통해 선보인 이후, 이듬해부터 진달래로 만든 떡이나 전 등이 대학음식연구소 같은 곳에서 발표되기도 했다. 진달래꽃은 한의학에서는 가래나 천식이 있는 사람들에게 좋은 것으로 알려져 있다. 가끔 화전으로 음식에 곁들여지던 진달래가 그 할머니 주스 덕에 언론에 보도되면서 주목 받는 식재료로 거듭난 것이다.

처음으로 맛본 진달래 음료에서 할머니, 할아버지들의 숨은 솜씨와 재능을 엿보았다. 그리고 민간요법은 우리가 미처 생각하지 못했던 경험과 지혜에 바탕한 숨겨진 보물이라는 사실을 알게 되었다. 이런 숨은 솜씨를 더 많이 발굴해 낸다면 우리 사회가 노인문제를 해결하려는 데 많은 도움이 될 것이다. '토종의 맛 장터'는, 그분들이 가진 솜씨와 경험을 이끌어낸다면 노인들에게 충분히 자부심과 경제적인 도움을 줄 수 있다는 교훈을 안겨주었다.

# 홍 PD! 각하께 골프장 인가 내 달라 했다며?

대통령을 만난 후, 사회복지법인 은초록을 설립하고 나니 사람들이 이런저런 이유로 나를 만나려 했다. 은초록이 출범은 했지만 법인 설립을 위해 필요한 자산도 없는 상태에서 노인복지 일을 하기에는 여러 모로 부족했다. 이런 분위기를 알고 이곳저곳에서 '도와주겠다!'는 제의가 있었는데 그 중의 하나가 모 건설회사였다. 법인 이사진들에게 그 건설회사와 대표에 대해 물어보니 "회사도 건실하고 대표도 좋은 일 하는 사람 같다"고 의견을 주기에 건설회사 대표를 만났다. 건설회사 대표는 '좋은 뜻을 가진 사회복지법인이니 재정적으로 돕고 싶다'는 의사를 밝혀서 특별히 마다할 이유가 없었다.

### 청와대 비서관의 불호령

건설회사 대표를 만나고 일주일 쯤 후, 청와대 비서실 모 비서관으로부터 전화가 왔다. 다음날 오후 2시까지 비서관 사무실로 들어오라는 일방적인 전화였다. 약속된 시간에 도착해 오랜만에 보게 된 비서관에게 반갑게 인사를 건네니 버럭 화부터 냈다.

"이봐, 홍 PD! 당신 이래도 되는 거야!"

나는 벼락 맞은 사람처럼 어리둥절했다. 대체 무슨 일이지?

"당신 말야, 각하께 골프장 인가 내 달라고 했잖아!"

비서관은 밑도 끝도 없이 말했다. 아니 내가? 내가 골프장 인가를 내 달라고 했다니! 난 전혀 듣도 보도 못한 일이어서 황당할 뿐이었다. 정신을 차리고 차분하게 비서관으로부터 자초지종을 들으니 내막은 이러했다.

일전에 나를 돕겠다고 접근했던 그 건설회사 대표가 모 수석비서관을 통해 대통령께 사회복지법인 은초록이 잘 굴러가도록 도와줘야 한다며 골프장 인가를 내 달라고 했다는 것이다. 골프장 사업을 위한 명분으로, 사회복지법인 운영을 들먹였으니 가당키나 한 일인가? 당시만 해도 골프장 인가는 대통령이 직접 결재해야 가능할 정도의 어려운 일이었다. 건설회사 대표 대신 내가 엄청나게 혼이 나고 나니 은초록 법인이 혹시 취소되는 것은 아닌가 내심 불안해졌다.

며칠간 이리저리 수소문해 본 결과, 그 건설회사 대표는 대통령과 나와의 관계를 이용해 골프장 인가를 받아낼 목적으로 접근한 것이었다. 이사회를 소집하여 그동안 벌어진 일들을 보고했더니 대부분의 이사들이 건설회사 측을 대변하고 있는 것이 아닌가! 청천벽력과 같은 일이었다. 믿었던 선배마저 그쪽 편에 서는 바람에 내가 받은 충격은 이루 말할 수가 없었다. 골프장 인가가 나면 은초록 법인이 추진할 사업비는 물론 이사진의 판공비까지 충분히 확보할 수 있다는 회유에 이미 마음이 돌아섰던 것이다.

하지만 나는 단호하게 그럴 수 없다고 못 박았다. 애초부터 판공비를 받고 노인복지 일에 참여하겠다는 사람들과는 법인을 같이할 생각도 없었다. 더구나 청와대 비서관에게까지 날벼락을 맞은 판에, 이사진의 의견에 끌려가다 보면 사회복지법인 은초록의 앞날은 불 보듯 뻔했다.

"우리 은초록 법인이 만들어졌을 때 우리는 얼마나 기뻐했습니까? 그때의 첫 마음을 잊지 마십시오. 이사진을 구성할 때 저는 분명히 말씀드렸습니다. 여러분의 고귀한 뜻을 모아 이 사업에 동참할 때 자원봉사를 해 달라고 부탁드렸고 여러분은 승낙했습니다. 저는 건설회사 측과의 관계는 없던 것으로 하겠습니다. 제 신념에는 변함이 없으니 이 점을 분명히 알아주십시오."

밀실 거래가 이루어지고 있던 사실을 몰랐던 내 자신이 바보 같았다. 그러나 이를 통해 많은 것을 배우고 깨달았다. 결국 건설회사 측과의 일은 무산되었고, 이것을 계기로 이사진 간에 갈등이 생겨 새롭게 구성원을 꾸려야 했다.

그동안 일어났던 은초록 법인 사정을 장인께 말씀드리고 장인과 함께 법인을 같이하게 되었다. 지금까지 살면서 장인을 모시고 법인을 같이한 것이 가장 미안한 일이다. 결국 사위가 하는 노인복지 일을 돕는다고 몇 년 후에 장인께서는 나도 모르게 집을 담보로 잡히셨고 결국은 집까지 날리셨으니 장인, 장모께 불효자가 된 것이다. 좋은 일 하는데 썼다고는 하지만 어떻게 가슴 아프지 않을 수 있을까. 이런 일이 있은 후 은초록이고 뭐고 다 그만두고 방송국 일에만 매달리라고 아내와 다투고 이혼 직전까지 가게 될 상황에 몰리기도 했다. 하지만 아내에게 은초록 일은 그만둘 수 없다고 버텼다. 자식들에게 재산은 남겨주지는 못하더라도 내 이름 석 자는 '좋은 일 했던 아버지'로 물려주고 싶다고 고집을 부렸던 것이다.

### 지가 하고 싶으면 뭐든 할 수 있던 놈

시간이 흘러 전두환 대통령 퇴임 후에 있었던 일이다. KBS 별관 공개홀에서 특집 프로그램이 끝나고 스태프들과 별관 부근에서 저녁 회식을 했다. 그런데 "홍순창! 이리 와!" 하는 소리가 들려 돌아보니 손영호 KBS 이사가 있었다. 손님과 식사를 하며 맥주를 마시던 손 이사가 내 손을 잡아 끌었다.

"이놈 말이야, 전두환 대통령 때 지가 맘만 먹으면 하고 싶은 거 다 할 수 있었던 놈이었는데, 전혀 내색도 안 한 녀석이었어. 나, 이놈! 높이 평가하고 싶다."

손 이사는 생각지도 못한 이야기로 나를 손님에게 소개하는 것이 아닌가. 하긴, 사회복지법인 은초록이 특례조항으로 설립인가가 나온 것을 보면 그도 아주 틀린 말은 아니었을 것이다. 대통령과 한 시간 이상 독대한 것 자체가 마음먹기에 따라 많은 것을 할 수 있었던 시대라고들 생각했으니, KBS 윗분들이 내가 혹시 대통령 이름 팔고 무슨 짓이라도 하지 않나 관심 있게 지켜본 모양이었다. 그런 짓에는 전혀 관심도 두지 않던 내 모습이 어쩌면 다른 사람에게는 순진하고 또 바보로 보였을 것이다. 하지만 누구에게든 부끄럼 없고 떳떳한 나의 마음이 어떤 물질적인 이익보다 더 소중한 평생의 자산이었다.

# 최초의 멤버십 '은초록카드'

노인솜씨자랑대회와 토종의 맛 장터는 노인들의 무한한 잠재능력을 깨닫게 하는 계기가 되었다. 노인들은 이 나라의 격동기를 온몸으로 겪어 내며 힘겹게 오늘을 일구어 온 자랑스러운 분들이 아닌가. '이런 분들에게 어떤 도움을 줄 수 있을까?' 하는 궁리 끝에 문득 떠오른 게 효를 바탕으로 한 '멤버십 카드'였다.

### 상류층만이 소지한 신용카드

1980년대 초만 해도 신용카드는 누구나 가질 수 있는 게 아니었다. 요즘에야 골드카드도 모자라 플래티넘이니 대한민국 상위 0.05%에게만 준다는 VVIP 슈퍼 프리미엄 블랙이니 해서 고급 카드 등급도 다양하지만, 그때는 '비자카드'가 최고였다. 신용카드 소지가 상류층의 전유물이나 특권처럼 여겨지던 시절이었으니 말이다. 그런 때에 사회적 약자인 노인들을 위해 노인 전용 멤버십 카드를 만들어 노인들에게 주려 했던 것은 엉뚱한 시도였는지도 모르겠다. 최근에야 각계각층의 이해와 요구에 맞춘 '맞춤카드'가 다양하게 등장하고 있지만, 당시 노인들에게 일상생활에서 꼭 필요한 물건을 원가로 구매할 수 있게 한 '멤버십 카드'의 등장은 획기적인 발상이었다.

우선 노인 관련 업체 대표들을 만나보기로 했다. 돋보기를 위한 안경점, 보약이나 침을 위한 한의원 등을 직접 찾아가거나 전화로 접촉했다. 일일이 취지를 설명하고 협조를 구하니 참여하는 업체들이 하나둘 늘어갔다. 희망과 자신감이 생겼다. '효운동' 차원에서 진행되는 것인 만큼 각 업체의 대표들이 직접 전 직원들에게 노인 전용 카드의 취지를 이해시키도록 양해를 구했다. 이렇게 해서 모인 30여 개의 가맹점들을 바탕으로 노인 전용 최초의 멤버십인 '은초록카드'가 탄생된 것이다.

물론 노인이라고 해서 누구나 발급 대상이 된 것은 아니다. '능력을 보여준 노인들'에게 사회가 보답하는 효 차원의 선물이었기 때문에, 노인솜씨매장에 작품을 내놓은 분들이 우선순위였다.

이 '사건'은 몇몇 신문에 바로 기사화되었고 사람들 입에 오르내렸다. 많은 노인들이 관심을 갖고 문의를 해 왔고 제휴를 원하는 여러 기업체들도 나를 만나고자 방송국까지 찾아왔다. 하지만 그들의 제안은 노인들에게는 그다지 혜택이 없어 보이고 기업의 이익을 챙기는 쪽으로 기울어져 있었다. 공익적 차원의 제휴라기보다는 노인을 상대로 한 새로운 이윤 창출이 목적이었던 것이다. 거절할 수밖에 없었다. 노인들에게 적절한 수준의 이익이 돌아가지 않는다면 내가 무엇 때문이 이런 일을 하겠는가? 나의 원칙과 신념은 오직 한 가지,

노인들에게 합당한 혜택이 있어야 한다는 것이다.

## 한곳에서 구매하는 노인생필품 매장

은초록카드를 발급하고 나자 보완해야 할 점이 생겼다. 각지에 분산되어 있는 가맹점을 노인들이 일일이 찾아다닌다는 것은 보통 힘든 일이 아니었다. 그리고 초기의 가맹점들은 주로 안경점이나 한의원처럼 노인들이 직접 가야 이용할 수 있는 것들이 대부분이었다.

'불편한 점을 해결할 수 있는 방법이 없을까?'

노인들이 필요로 하는 것을 한곳에서 해결할 수 있는 방법……. 고심 끝에 원스톱 매장에 대한 구상이 떠올랐다. 저렴한 가격에 최상의 품질을 갖춘 '노인 생필품판매장'이 바로 그것이다.

먼저 생필품판매장에 필요한 상품 리스트와 입점 가능 업체들의 목록을 뽑아 보았다. 그리고 상품 생산 공장을 직접 찾아가 보았다. 저렴한 가격으로 납품을 받을 수 있으리라고 생각했던 터였기 때문이다. 그런데 공장에서는 생산만 하고 본사가 총판대리점을 거쳐 일반 대리점을 통해 물품들 공급하고 있다는 사실을 알게 되자, 공장을 통한 직접 수급은 어려운 일이었다. 그래서 일선 대리점들을 찾아다니며 사업 취지를 설명했더니 그 가운데 뜻있는 여러 대표들의 도움을 받을 수 있었다.

"홍 PD님, 언론을 통해 이미 알고 있었습니다. 이렇게 저희를 찾아주신 게 오히려 반가울 따름입니다."

그분들의 도움으로 생필품판매장에 필요한 물품을 큰 어려움 없이 확보할 수 있었다. 노인솜씨매장 개설에 커다란 도움을 주었던 반도조선아케이드 경영진이 이번에도 도움을 주었다. 물건을 팔 장소가 필요했던 터에, 반도조선아케이드 안에 열 평 정도의 공간을 무상으로 임대해 준 것이다. 드디어 노인 생필품판매장이 문을 열었다. 여러 대리점 사장과 기업들의 도움이 없었다면 대한민국 제1호 노인 전문매장은 탄생하기 어려웠을 것이다. 이러한 고마움을 뒤늦게나마 전하고자 당시 참여 기업들을 밝히고자 한다.

돋보기–금강안경, 책–여성신문사, 의류–에스에스패션, 차·음료–삼화식품, 보청기–대한보청기, 식품–제일제당, 화장품·비누·치약–태평양화학, 화장지–모나리자, 서예도구–동신당필방, 제과–롯데제과, 굴비–법성포 주민들, 여행사–코오롱세계일주, 전자제품–삼성전자·대우전자, 그리고 고려은단을 비롯해 노인용품과 건강보조식품 등 당시 최고 브랜드의 30여 기업들이 도움을 주었다

특히 엄용수, 김미화, 김홍국, 김형곤, 나미, 최수종, 주현미, 심형래, 최주봉 씨 등 많은 연예인들이 틈나는 대로 자원봉사를 해줘 매장은 명실상부하게 노인 전용 매장으로 자리 잡을 수 있었다. 참여 기업들도 홍보효과를 톡톡히 볼 만큼 매장은 문전성시를 이뤘지만 노인들과 가족들이 올 때마다 열 평 남짓한 공간은 너무 비좁았다.

이 문제를 해결하기 위해 사방팔방 뛰어다닌 끝에 고건 서울특별시장을 만날 수 있었다. 그간의 사정을 설명하니, 고건 시장은 '훌륭한 일을 했다'는 격려와 함께, 노인 생필품 매장은 노인들과 가족들에게 필요한 장소이니 서울시에서 적극 해결해 보겠다면서 곧바로 해당 부서 국장을 불러 노인 매장의 필요성을 설명하고 지원할 방법을 찾아보라고 지시를 내렸다. 하지만 고건 시장이 한 달 후 시장직

에서 갑자기 물러나는 바람에 안타깝게도 추진되던 일은 흐지부지되고 말았다. 찾아오는 손님에 비해 공간이 너무 비좁았던 노인 매장은 뾰족한 방법이 없어 결국 1년 뒤 문을 닫게 되었다.

은초록카드 역시 지속하는 데 어려움이 컸다. 카드에 대한 소문을 들은 가족이나 노인들이 "우리도 발급해 주세요"라고 강력하게 요구해 올 때마다 가슴이 무거웠다. 그동안 이러저런 노인복지 관련 일도 그렇지만, 은초록카드와 노인 매장 역시 내가 기획하고 발로 뛰며 주선한 일이었다. 그러니 은초록카드 한 장당 500원씩 1천 장가량 만드는 제작비도 내 월급에서 지출되는 형편이었다. 이렇게 돈을 쓴 만큼

東亞日報

市民들이「敬老우대증」만들었다

노인割引券「은·초록 카드」등장

漢醫院두곳 診脈·침 無料로

안경점선 돋보기 50% 싸게

「은초록카드」(사진 위) 가맹점인 금강안경의 金京泰사장이 노인들에게 돋보기를 원가에 팔고 있다.

2百여老人 혜택…할인商店 확산 움직임

● 톱기사로 은초록카드를 소개한 동아일보 기사(1985년 11월 4일)

집에 가져다주는 월급은 줄어들 수밖에 없어 아내는 불만스러워했다. 은초록카드가 계기가 되어, 이후에 노인을 겨냥한 다양한 상품들이 생겨났고, 이젠 내가 빠져도 되겠다는 생각이 들었다. 결국 '노인들에게도 잠재시장이 있다'는 메시지를 던져준 것으로 만족하며 은초록카드는 막을 내리게 된다.

### 군인은 PX, 가족에게는 '효PX'를

여러 노인복지 일을 해 오면서 우리 사회에 대해 느낀 아쉬운 점 두 가지를 이야기해 보겠다.

朝鮮日報

李圭泰 코너

「銀草綠카드」

옛날 시장에서 돈을 추렴, 돼지 한 마리 잡으면 살코기는 추렴한 사람이 나누어 갖지만, 내장(內臟)고기는 추렴한 사람이 못갖게끔 [illegible]이 돼 있었다. 왜냐하면 그 내장은 한마을에 사는 환갑지난 노인들에게 똑같이 배분해 주어야 하기 때문이다. 이 [illegible] 습속을 「배장(配臟)」이라 했다. 비단 돼지뿐 아니라 노루나 멧돼지 같은 산짐승을 잡아도 내장만은 노인들의 몫이였다.

마음훈훈하게 하는 경로습속은 그밖에도 비일비재하다. 이를테면 「[illegible]」이란 것도 그것이다. 아이를 낳으면 그 아이 몫으로 일정량의 곡식을 내어 [illegible]을 놓는다. 이 [illegible]은 아이가 자라면서 [illegible]로 커나간다. 그러다가 마을에 살기 어려운 노인, 병든 노인, 자식이 죽은 노인이 있으면 이 곡식으로 구제를 한다. 이렇게 하면 그 아이가 복을 받는다 하여 「[illegible]」이라 불렀던 것이다.

[illegible]때 학자 李[illegible]의 「[illegible]」을 보면, [illegible]를 모아두었다가 일정연령이상의 마을 노인이 돌보기나 장죽, 갓, 신발같은 노인 [illegible]을 살때면, 그값의 반액을 계돈으로 보태어주기로 약정이 돼있다. 새우젓장수나 무시로(日用品)장수가 물건을 팔때 그집에 70세이상된 노인이 있는것을 알면 「수누리」라하여 제값에서 1할내지 2할의 에누리를 해주는것도 상인의 도리가 돼있었다. 壽에누리의 준말인지 [illegible]를 누리라는 [illegible]의 뜻인지 알수는없다. 소금장수도 70노인이 있는집은 덤으로 뒤줌 얹어주곤했다. 그러해야 재수가 붙는것으로 통념화돼 있었던것이다.

옛날 감옥에 갇힌 죄인들은 주로 짚신을 삼아 팔았는데, 60이상된 노인이 이 [illegible]를 사러 오면 3할 감해 파는것이 관례가 돼 있기도 했다. 죄수들도 노인을 위해서는 利에 연연하지 않았던 것이다.

근대화가 이 美風들을 태풍처럼 쓸어가버려 삭막한 오늘날이게 했다. 한데 보도된 바로 몇 뜻있는 분들이 이 美風을 되살리고 있어 눈물겹다.

「銀草綠카드」로 불리는 노인만인 카드를 발부하여 이 카드를 가진 노인에게는 돌보기 같은 노인용품 값과 한약값은 약값을 20~50%씩 감해 받게끔 가맹점을 설득, 늘려가고 있다 한다. 지금은 가맹점도 적고 카드 이용회원도 2백명에 불과하다지만 이 씨앗이 땅에 떨어져 그 아름답던 [illegible]이 전국에 접목되어 전국에 은초록빛의 초원이 펼쳐졌으면 하는 바람이다.

그 거대한 로마帝國이 망한 이유가 젊은이들이 노인을 멸시한 때문이라는 막스 베버의 지적이나, 그 거대한 [illegible]나라가 망한것도 역시 젊은이들이 老人을 저버린데 있다는 [illegible]의 지적이 옛날의 진리만은 아니기 때문이다.

조선일보 이규태 칼럼에 소개된 은초록카드(1985년 11월 6일)

첫째, 기업들의 무관심이다. 좋은 아이디어로 시작한 일들이 오랫동안 지속되지 못한 데에는 아무래도 재정적인 문제가 크다. 기업들의 사회 공헌에 대한 인식 수준이 낮았던 1980년대는 노인문제에 대한 관점도 매우 이해타산적이었다. 초창기에는 언론에서 관심을 가져주고 화제가 되니 기업은 나름대로 홍보 효과 때문에 지원해 주었다. 그러나 시간이 흐르면서 기업들의 관심은 점차 시들해지고, 결국은 이모저모 이해득실을 따지며 등을 돌리고 말았다. 그렇다고 본업이 방송국 PD인 내가 혼자서 시간과 비용과 노력을 무한정 쏟아 부을 수는 없는 노릇이었다. 결국 효운동은 좋은 뜻과 아이디어로 시작한 일이었지만 오래 지속되지 못했다.

둘째, 정치권의 노인에 대한 인식이다. 선거철만 되면 노인들을 선거 표수로만 계산하기보다는, 국가 혹은 지방자치단체에서 이들에게 '사회적 소속감'을 만들어 주는 진실한 선거공약을 이제는 내걸었으면 한다. 노인 생필품 매장의 경험에서 보았듯이 노인들을 모시고 사는 가족들을 위한 쾌적하고 넓은 매장을 전국 곳곳에 만들면 대한민국 며느리와 가족들에게 환영을 받지 않을까? 요즘처럼 자식 키우기 힘들다고 아이를 낳지 않는 가정이 늘어나는 판에 노인까지 모시고 생활한다는 것은 쉽지 않다. 형제자매가 많아도 부모를 모시지 않겠다며 갖가지 핑계를 대는 영악한 자녀들이 많은 건 물론이고, '부모 모시는' 일 때문에 형제자매 사이에 가정불화가 종종 일어나는 것도 모자라 가정이 깨지는 실정이다.

이런 사회 분위기에서 부모를 모시고 생활하는 며느리나 자녀들에게 월 이용상한액을 정해 놓고 필요한 물품들을 세금 없이 구매하는 매장을 만들어 주면 어떨까? 전국에서 며느리나 성인 자녀 1명이 노인을 포함한 가족 4~5명과 함께 생활한다고 가정하고 계산해 보면 그 숫자 또한 만만치 않다. 미래의 대통령 후보자가 이들을 위한 공약을 내걸면 적어도 500만 표 이상은 얻을 수 있지 않을까?

군인은 나라를 지키기에 군부대에 PX를 만들어줘 저렴하게 이용하고 있다. 고령화사회에서 노인을 모시며 가정의 중심체로 묵묵히 '가정을 지키는 며느리나 성인자녀'들을 위해서라도 세금 혜택을 제공하는 '효PX' 같은 정책과 지원이 필요한 때다.

며느리들이 시부모님을 모시고 한집에 사는 걸 꺼려하고, 시부모들도 역시 며느리와 함께 사는 것을 기대하지 않는 것은 어제오늘의 일이 아니다. 며느리와 시부모가 한집에서 원만하게 살 수 있다면 여러 모로 사회에 큰 도움이 된다. 이렇게 되면 먼저 노인문제 중 큰 부분이 자연스럽게 해결되고, 아이를 낳으면 할아버지나 할머니가 돌봐줄 것이니 저출산 문제 해결에도 도움이 된다. 그렇기 때문에 저출산 대책 차원에서도 여러 가지 혜택을 통해 며느리들이 시부모님과 함께 살 수 있도록 유도하는 정책이 필요하다.

정부에서 저출산·고령화 대책의 하나로 시부모를 모시고 사는 며느리들이나 부모를 모시고 사는 성인자녀들에게 '효PX' 같은 경제적 혜택이나 그 외 좋은 정책을 만들어 2대 혹은 3대가 함께 사는 가정에 대한 각종 지원과 혜택을 강력하게 추진할 필요가 있을 것이다. '어떤 혜택도 필요 없다. 다만 그들과 떨어져 살기를 바랄 뿐이다'라고 하실 분도 있겠지만.

외국인들도 한국에서 생활하다 보면 목욕탕에서 동네 젊은이들이 어른 등을 밀어드리거나 버스, 지하철에서 노인들께 좌석을 양보하는, 그들 사회에 없는 모습들을 보며 한국 사회의 저력을 배운다고 한다. 하지만 이런 자랑스러운 효문화가 요즘 들어 우리 사회에서도 점점 희미해져 가고 있다. 이제 '코쟁이' 외국인들도 노인을 모시는 한국 사회의 효문화를 벤치마킹하도록 한류 차원에서 '효'를 국가 브랜드로 만들어야 할 때이다.

# 며느리 고민, 무엇이든 물어 보세요

노인복지의 대상이 반드시 노인만은 아니다. 노인문제는 노인들 자신에게만 국한되는 것이 아니고 노인을 둘러싼 온 가족의 문제이기 때문이다.

### 며느리 문제가 곧 노인문제

농경사회에는 가정을 지키는 존재는 바로 노인이었다. 한 해 농사를 지어 저장해 놓는 곳간 열쇠가 누구에 있느냐가 집안의 힘을 결정했던 시대였고 그 열쇠는 부모, 더 올라가 집안의 최고 연장자인 할아버지, 할머니에게 있게 마련이었다. 며느리는 시부모의 말씀과 의사를 그대로 좇아 순종해야 하는 시대였다.

산업사회로 인해 핵가족화가 되면서 어느덧 가정의 구심점은 며느리가 되었다. 자식이 결혼하면 '곳간 열쇠'와 '부모 사랑'을 자식들에게 넘겨줌으로써 결혼이 완성되었다. 하지만 며느리와 함께 생활하는 시부모들은 여전히 자신들이 가정의 중심이 되고자 고집했고, 이런저런 간섭으로 가정불화의 원인을 제공했다. 특히 시어머니와 며느리 간의 갈등은 피할 수 없는 운명적인 충돌이었다. 시부모와 갈등을 겪고 사는 며느리의 하소연을 들어주고 해결책을 찾아주거나 대화를 통해 심리적인 위안을 주는 것도 분명 노인복지에 도움이 되는 일일 것이다. 이런 동기로 사회복지법인 은초록은 '며느리소원상담전화'를 개설하게 되었다.

전화가 개설되자 많은 주부들의 상담이 이어졌다. 자원봉사자들은 몸이 열 개라도 모자랄 정도로 밀려드는 상담전화에 시달렸다. 상담전화를 통해 며느리들의 소원이 속속 접수되었다.

"저희 시아버지께 보청기를 해 드리면 소원이 없겠어요."

"시어머니께 제주도 여행을 보내드리고 싶은데, 그럴 만한 형편이 안 되어 안타까워요. 꼭 이루어졌으면 좋겠어요."

상담내용을 들으면서 우리 사회의 며느리들은 착하다는 사실을 느꼈다. 접수되는 소원을 해결하기 위해 은초록법인이 최대한 팔을 걷어부쳤다. 그런데 그 중에는 드라마나 나올 법한 믿기지 않는 일도 있었다. 상담사들이 자신의 능력으로는 도저히 답변하기가 곤란하다며 어떤 사연을 내게 들려줬다. 그 가운데 지금까지도 기억에 남는 특이한 일 한 가지를 소개한다.

### 알몸으로 시아버지 곁에 누운 며느리, 불륜 혹은 사랑?

어느 날 며느리소원상담전화에 전화를 걸어온 사람은 시아버지였다. 그분은 아내를 일찍 여의고 홀로 외아들을 키워 결혼을 시켰다.

그런데 결혼 3년 만에 아들마저 백혈병으로 세상을 등지고 말았다. 오래전부터 병을 앓았던 건지 급성이었는지 상담 내용만으로는 알 수 없었지만, 졸지에 청상과부가 돼 버린 며느리에게 시아버지는 "다 잊고 새출발하라"고 진심으로 얘기했단다. 하지만 며느리는 혼자되신 시아버지를 두고 재혼할 수 없다며, 마음이 치유되고 생활이 안정될 때까지 시중을 들겠다고 했다. 이렇게 해서 젊은 며느리와 시아버지만의 생활이 시작됐다.

시아버지는 홀로된 며느리가 측은하고 자신을 봉양하는 마음 씀씀이가 기특해 딸처럼 여기고 고마워했다. 시아버지는 평소 커피를 즐겨 마셔서 저녁마다 며느리는 한 잔씩 타서 올렸다. 그러던 어느 날, 며느리가 타 준 커피 한 잔을 마시고 잠이 들었는데, 잠을 자다가 이상해 일어나 보니 자신의 옆에 며느리가 알몸으로 누워 있더라는 얘기다.

도대체 이런 일이 어떻게 일어날 수 있을까? 그 사이에 어떤 일이 있었는지는 여러분의 상상에 맡기겠다. 언제부턴지는 몰라도 며느리의 마음속에는 시아버지에 대한 사랑이 싹트고 있었나 보다. 시아버지가 난감한 목소리로 며느리의 알몸 이야기를 상담하며 며느리와의 관계를 어떻게 했으면 좋겠냐는 것이 상담의 요지였다.

상담자도 난감해했고, 그 얘기를 전해들은 나 역시 곤란하기는 마찬가지였다. 드라마에서나 가능한 이 사연을 '불륜'이라 낙인찍을까, 지고지순한 사랑이라 이름붙일까? 단 한 차례의 전화 상담만으로 속단할 수 없는 노릇이었으니, 여러분이라면 '시아버지 옆에 알몸으로 누운 며느리'에게 어떤 도움말을 들려줄 수 있겠는가?

# 최고 복지는 일자리

노인솜씨매장, 토종의 맛 장터와 은초록카드 등을 추진한 것은 방송 프로그램에서 노인을 위해 경제적으로 도움을 줄 수 있는 일이 없었던 데에도 원인도 있었다. 당시에는 방송국에서 이런 아이디어들을 프로그램으로 만들 수 없었고 〈장수만세〉조차도 30~40명이나 되는 많은 가족이 출연한다 해서 정부의 가족계획 정책에 맞지 않았기 때문에 프로그램이 폐지되는 지경에까지 이르렀다.

**〈9시뉴스〉에 보도된 주유소 '노인 펌퍼'**

노인들이 지닌 능력을 사회로 끌어내야겠다는 생각으로 다양한 노인복지 일들을 추진한 결과, 노인들의 능력을 활용할 수 있는 최고의 노인복지는 결국 '일자리' 창출이었다. 정년이 되면 평생을 몸담았던 회사에서 물러나 '노는 신세'가 되는 것은 개인적으로나 사회적으로나 모두 안타까운 일이 아닐 수 없다. 물론 회사 입장에서야 노인을 고용하기에는 경영상 여러 애로사항이 분명히 있을 것이다.

하지만 노인들의 능력과 경륜을 필요로 하는 곳도 사회 어딘가에는 틀림없이 있으리라는 것을 확신했다. 능력 있는 노인들에게 그에 적합한 일자리를 만들어 연결시켜 준다면 파급 효과는 사회적으로나 가정적으로 무척 클 것이라고 믿었다. 노인들은 일을 통해 제2, 제3의 인생을 살 수 있고 용돈도 벌 수 있으니, 눈칫밥을 먹는 생활에서 벗어나 가족의 일원으로서 기를 펴고 당당해질 수 있을 것이다. 사회적으로는 그들의 경륜과 능력을 백분 활용할 수 있고 기업은 저렴한 비용으로 고용할 수 있으니 누이 좋고 매부 좋은 격이다.

이런 생각을 실천에 옮긴 것이 '노인취업·은빛전화'였다. '며느리소원상담전화'를 만든 지 1년 후의 일이었다. 노인취업·은빛전화가 우리나라에서 처음으로 개설되고 언론에 소개되자 구직에 목마른 노인들의 전화가 쇄도했다. 노인인력을 필요로 하는 기업의 문의도 심심찮았다. 하지만 사업 초기에 의뢰된 내용은 경비원이나 청소부와 같은 단순한 직종이 대부분이었다. 이렇게 제한된 일자리로 과연 노인취업이 활성화될 수 있을까 하는 의문이 들었다.

노인들이 취업할 수 있는 직종을 다양화할 수 있는 방안이 없을까 궁리하다가 제일 먼저 생각이 미친 곳이 바로 주유소였다. 방송국 부근에 위치한 주유소를 전화번호부에서 찾아 사장과 통화를 했다.

"사장님, 주유소에서 자동차에 기름 넣어주는 '펌퍼(pumper)' 일을 노인들에게 맡기면 어떨까요? 경비도 절약되고 사회적인 차원에서 '효도'가 될 수 있을 것 같은데요."

다행히도 주유소 사장이 한번 해 보자고 흔쾌히 받아들여줬다. 그래서 은빛전화에 신청한 노인 중 조건이 맞는 두 분이 일을 하기로 했다. 며칠 뒤 주유소 사장이 내게 전화를 걸어 왔다.

"홍 PD님, 이거 제가 감사를 드려야겠어요. 은빛전화에서 추천한 분들이 매우 성실하세요. 더구나 같이 일하는 젊은이들에게 인생 상담까지 해 주시니, 주유소 분위기가 화기애애합니다. 정말 가족같이 잘 지내고 있어요."

내 마음 한구석에 뭉클한 무언가가 솟아올랐다.

'그래, 이제 시작이다. 우리도 뭔가 할 수 있어!'

이런 일이 있은 지 며칠 후, 우연히도 모 텔레비전 보도국에서 노인취업·은빛전화로 연락이 왔다. 일하는 노인을 취재하고 싶다는 것이었다. 마침 영등포 모 주유소에 우리나라에서는 처음으로 노인들이 '펌퍼' 일을 하고 있다고 기자에게 일러주니, 그날 저녁 〈9시뉴스〉에 '노인취업도 다양해졌다'는 내용으로 전국에 즉시 전파를 탔다. 보도가 되자 주유소에서 일하는 노인들이 서울과 수도권으로 점차 확산되어갔다.

### KBS 88체육관, 최초 '노인취업박람회'

〈9시뉴스〉에 주유소 펌퍼로 일하는 노인들에 대한 보도가 나간 다음날, 노인취업·은빛전화에 중견 전자회사인 '갑일전자'로부터 연락이 왔다.

"〈9시뉴스〉에서 주유소에서 일하는 노인들의 모습을 봤습니다. 매우 바람직하고 고무적인 일인 것 같습니다. 저희 회사에서도 노인분들을 채용하고 싶은데요."

갑일전자의 인력 담당 실무자는 화이트칼라 노인인력을 그것도 60명이나 구하고 싶다고 전해 왔다. 한편으로는 기쁘기도 했지만 다른 한편으로는 걱정이 밀려왔다. 한꺼번에 60명이나 되는 인력을 구하는 것도 문제였지만 직종 특성상 까다로운 자격조건을 충족시키는 것도 문제였다. 하지만 이번 일을 잘 활용하면 노인 일자리에 대한 사회적 관심도 크게 높아질 것이 분명했다.

다음날 방송국에 출근해 KBS 2TV 아침 프로그램인 〈생방송 전국은 지금〉 PD를 만났다. 전후 사정을 설명하자 "내용이 좋다"며 프로그램 말미에 자막을 통해 이틀 동안 노인인력 채용 안내를 해 주겠다고 했다.

다음날, 〈생방송 전국은 지금〉 프로그램이 끝날 즈음 자막 안내가 7초 정도 나가자 노인취업·은빛전화에 불이 났다. 전화가 꽤 오리라고 예상은 했지만 업무가 마비될 정도였다. 아침 일찍부터 은빛전화 상담원과 직원들을 대기시켰지만 인력이 턱없이 부족했다. 당장 〈생방송 전국은 지금〉 PD에게 전화를 걸어 취업 안내를 오히려 중지해 달라고 부탁해야 했다. 열화와 같은 뜨거운 반응에 오히려 걱정이 앞섰다.

'일자리를 갈구하는 이 많은 노인들을 어떻게 해야 하나?'

'접수만 했다고 취업이 될 수는 없는 노릇이다. 떨어진 분들은 또 어떻게 해야 하나?'

갑일전자에서 서류전형이나 면접을 통해 조건에 맞는 인력을 판단할 것이다. 그렇게 60명은 무사히 뽑힐 것이다. 그런데 남겨진 수많은 노인들의 앞날은 어떻게 해야 하는지에 대한 새로운 염려가 생

# 노인工員 100명 첫공채

갑일전자 컴퓨터 부품제조 정규근로자로

## 8백여명 몰려 "盛況"

구인난 해소·취업확대등 기대

◇"일하고 싶다" 30일 오후 서울 강서구 화곡동 88체육관에서 甲一전자 취업을 희망하는 노인들이 원서를 접수시키고 있다.

● 노인취업 설명회를 소개한 조선일보 사회면 머리기사(1991년 10월 31일)

겨났다. 어쨌든 은초록 사무실에서 접수를 받는 것은 여러 모로 역부족이었다.

시시각각 일을 하겠다는 노인 지원자들이 늘어가는 상황을 초조하게 지켜보다가, 점심시간을 이용해 KBS 자회사가 관리하는 등촌동 88체육관 담당자를 찾아갔다. 88체육관에서 '노인취업설명회'를 개최하고 싶다는 뜻을 전하니, 담당자는 호의적으로 대관일이 없는 날짜를 살펴봐 주었다. 다행이 빠른 시일 안에 체육관을 잡을 수 있었다. 요즘에는 KBS 규정에 따라 대관료를 받지만 당시만 해도 담당 직원의 재량으로 융통성을 발휘할 수 있었다.

'노인취업설명회'를 88체육관에서 개최한다는 소식이 알려지자

은빛전화는 다시 한 번 콩 볶듯 했다. '갑일전자 노인취업설명회' 개최 당일, 88체육관에는 줄잡아 800~900명의 노인들이 구름같이 몰려왔다. 꼬리에 꼬리를 무는 노인들의 활기찬 구직 행렬을 보고 갑일전자에서는 예정에 없던 40명의 인원을 추가해 100명을 채용했다.

다음날인 1991년 10월 31일, 〈조선일보〉는 '노인 工員 100명 첫 공채'라는 제목의 사회면 머리기사로 이런 사실을 보도했다.

> 이들 대부분은 공무원, 군인, 일반 기업체 등에서 근무하다 정년퇴직한 노인들로 그 중에는 70세 이상 된 할아버지들도 상당수에 달했다. (중략) 남편을 따라왔다가 함께 일자리희망신청서를 제출했다는 할머니는 "자식들이 다 커버려 별로 하는 일 없이 지내왔다"며 "이번 기회에 일거리를 얻어 열심히 직장생활을 하고 싶다"고 말했다. 지난 85년 서기관을 마지막으로 공무원에서 정년퇴직한 할아버지는 "이렇게 정정한데 자식들 눈치만 보며 노는 것은 억울하다는 생각이 들었다"며 "정년퇴임제를 개선할 수 없다면 이 같은 노인취업의 문이 크게 열려야 한다"고 말했다.

이와 같은 내용의 기사가 나가자 사회적 반향이 하늘을 찔렀다. 당시 정부는 물론이고 기업이나 단체도 노인 일자리에 대해 진지하게 고민하지 않았었다. 이 같은 노인취업 행사는 상상조차 할 수 없던 상황에서, 대규모 '노인취업설명회'가 개최되자 폭발적인 관심 대상이 되었던 것이다.

KBS 88체육관에서 열렸던 노인취업설명회가 토대가 되어 1992년 8월, 서울시에서는 강남·가양·은천 등 12개 지역에 '고령자취업알

선센터'를 개설했다. 획기적인 쾌거였다. 비록 열 평 규모에 컴퓨터와 팩시밀리, 인력 등을 지원하는 수준이었지만 정부로 하여금 정책적인 측면에서 인식의 전환을 가져왔다는 데에 큰 의미가 있었다. 당시 서울시 고령자취업 정책담당자에게 해 주고 싶었으나 하지 못했던 아쉬운 점과 조언 몇 가지를 써 볼까 한다.

12군데에 고령자취업센터를 분산 개설하는 것보다는, 대중교통이 편리한 서울시내 중심부 한 곳에 집중 투자하는 것이 좀 더 실익이 있을 것 같다. 분산 투자된 예산 10억 원을 집중하면 200평 규모의 넓은 공간을 확보할 수 있을 것이다. 깔끔한 공간에서 청·장년의 전문 상담원이 친절한 안내를 해 준다면 얼마나 좋을까? 노인들이 한두 시간 정도 대중교통을 이용해 찾아올 수 있다면 일단 취업하는 데 신체적인 조건은 합격인 셈이 아닌가. 또한 센터 한쪽에 노인들이 직접 운영하는 진달래주스 등의 음료를 파는 전통찻집을 만든다면 용돈도 벌 수 있고 센터 분위기도 한층 부드러워질 것이다. 센터를 찾는 노인과 가족, 노인복지 현장을 배우려는 젊은이들과 연구자, 노인취업 관련 기업 담당자가 믿고 찾을 수 있는 장소로 만든다면 금상첨화일 것이다. 센터를 찾는 노인들은 교육·언론·금융·의료·법조 등 사회 각 분야에서 30~40여 년이 넘는 세월 동안 경륜을 쌓아 온 분들일 것이다. 각종 '동아리'를 만들어 이분들의 능력이 필요한 곳에 '자원봉사'도 할 수 있게 연결한다면, 이곳은 구직·구인의 통로 외에 노인 문제를 다양하게 접근, 해결할 수 있는 '원 소스 멀티 유스'의 생산적인 장(場)이 될 것이다.

# 세 줄의 힘, 〈사랑의 삼각끈〉

〈장수만세〉가 막을 내린 데는 사실 좀 어처구니없는 이유가 있었다. 1980년대에는 산아제한 정책이 절정에 이르렀을 때다. 정부에서는 '둘만 낳아 잘 기르자'도 모자라 '둘도 많다'는 구호를 들고 나왔다. 오죽하면 사람들이 우스갯소리로 "다음번에는 '한 집 걸러 하나 낳기' 운동 아니면 '무자식이 상팔자' 운동인가!"라고 할 정도였다. 그런데 〈장수만세〉는 대가족이 출연하는 프로그램이었으니 정부 측에서 보면 가족계획 정책에 역행하는 것이었고, 그러다 보니 정부에서 공문을 내려보내 은근히 압력을 넣은 끝에 결국 폐지되고 말았다.

### 성경에서 아이디어를

〈장수만세〉 폐지 후 KBS에서는 이렇다 할 노인 프로그램이 없다가, 5년여가 지나 내가 아이디어를 제출한 〈100세 퀴즈쇼!〉 프로그램 기획안이 편성회의에서 통과되어 연출을 맡게 되었다. 여전히 정부에서는 '하나만 낳기' 운동을 계속하고 있었다. 〈100세 퀴즈쇼!〉는 가족계획 정책에 맞춰 삼대가 한 명씩, 세 명이 한 팀을 이루어 출연해 세 사람의 나이를 합산한 대로 기본점수를 주고 퀴즈를 푸는 방식으로 진행되었다. 프로그램 편성도 황금시간대인 저녁 8시였고 가족 프로그램으로는 신선한 구성이어서 좋은 평가를 받았다. 그러던 중 어느 날, 성경을 읽다 눈길이 멈춘 구절이 있었다. 전도서 4장 9절부터 12절까지다.

> 두 사람이 한 사람보다 나음은 그들이 수고함으로 좋은 상을 얻을 것임이라. 혹시 그들이 넘어지면 하나가 그 동무를 붙들어 일으키려니와 홀로 있어 넘어지고 붙들어 일으킬 자가 없는 자에게는 화가 있으리라. 또 두 사람이 함께 누우면 따뜻하거니와 한 사람이면 어찌 따뜻하랴. 한 사람이면 패하겠거니와 두 사람이면 맞설 수 있나니 세 겹줄은 쉽게 끊어지지 아니하느니라.

성경은 비유 말씀과 지혜, 그리고 사랑이 가득한 이 세상 최고 베스트셀러이다. 세 가닥 끈이 꼬여 만들어진 세 겹의 줄은 튼튼해 끊어지지 않는다는 비유에서 머릿속에 전구가 탁 하고 켜지듯 '사랑의 삼각끈'이라는 문장이 반짝였다.

그렇다면 세 줄의 끈은 무엇으로 만든다? 해답은 어렵지 않았다. 이미 삼대가 한 팀이 되는 〈100세 퀴즈쇼!〉 안에 답이 있었다. 자녀 없이 쓸쓸한 말년을 보내는 노인들, 부모 없는 외로운 아이들, 그리고 둘 사이를 이어줄 후원자를 사랑으로 묶으면 세상에서 가장 튼튼

한 세 겹줄을 만들 수 있을 것 같았다.

이 아이디어를 가지고 '특집 사랑의 삼각끈'을 기획하겠다고 하니 방송국 윗분들도 좋은 생각이라며 쉽게 승인을 했다. 〈100세 퀴즈쇼!〉 프로그램을 통해 '사랑의 삼각끈' 모집 안내를 내보냈다. 자막 안내를 보고 후원자들이 참여 신청을 하기 시작했는데, 신청자들 중에 공통점이 발견되었다. 바로 젊었을 때 산전수전 겪으며 고생한, 나름대로 자수성가한 분들 내지는 중산층 이하인 사람들이었다. 세탁소 주인아저씨, 채소가게 아주머니, 가전제품 영업사원 등 우리 사회를 받쳐주는 사람들이 후원자로 자청하는 모습을 보고 프로그램 기획의도에 어울린다 싶어 내심 반가웠다.

그런데 마감 하루 전 생각지도 못했던 이가 후원자를 자처했다. 바로 개그우먼 김미화 씨다. 최고 히트작 가운데 하나인 '쓰리랑 부부'

〈특집 사랑의 삼각끈〉 녹화장면

가 바로 그 당시에 방송되고 있었으니 '순악질 여사' 김미화 씨는 물이 오를 대로 오른 인기 절정의 방송인이었다. 그리고 신청자 중 또 한 명 생각지도 못한 사람이 있었는데, 김미화 씨에 이어 역시 최고 인기를 구가하던 개그맨 최양락 씨였다. 이들의 신청으로 '사랑의 삼각끈'은 더욱 튼튼해졌다.

### 일본이 할 수 없는 '사랑의 삼각끈'

특집 프로그램 〈사랑의 삼각끈〉은 국내에서도 화제를 불러일으켰지만 일본에서도 큰 반향을 불러일으켰다. 후쿠오카의 사회복지단체에서 일본 언론을 통해 이 프로그램을 알게 되어, 연출자였던 나와 당시 후원자였던 김미화 씨, 그리고 결연가족 등 10여 명을 일본으로 초청했다. 일본에서 우리를 초청한 사회복지단체 관계자는 〈사랑의

● 〈특집 사랑의 삼각끈〉 녹화장면

삼각끈〉을 두고 "복지의 최고등급", "사회복지의 핵심적인 정곡을 찔렀다"며 칭찬을 아끼지 않았다. 그러면서 그 관계자는 우울한 목소리로 일본은 죽었다 깨어나도 〈사랑의 삼각끈〉 같은 것은 할 수 없다고 한탄한다. 노인악단에 이어 두 번째로 일본에서 부러움을 사게 된 것이다. 역시 우리나라의 '정', 그리고 가족문화인 '효'는 일본보다 훨씬 앞서간다는 사실을 느낄 수 있었다.

● 〈특집 사랑의 삼각끈〉 녹화 후 이계진, 황인용 사회자와 함께

일본은 우리나라보다 고령화가 30여 년 정도 빨리 진행된 만큼 사회복지는 말할 것도 없고 노인복지에 관한 한 한국보다 훨씬 앞서가는 국가였다. 일본의 노인복지는 '돈'과 '시스템'으로 해결하는 복지인 데 반해 〈사랑의 삼각끈〉은 '정 나눔'이 본질이었다. 〈사랑의 삼각끈〉은 1대 외로운 노인, 3대 부모 없는 어린이, 그리고 고리 역할을 하는 2대인 후원자가 한 달에 한 번씩 만남의 날을 갖고 정을 나누는 것이 핵심이다. 만나서 음식을 먹으며 대화도 하다 보면 서로간에 정도 들고 작은 애로사항도 후원자가 풀어 줄 수 있게 된다. 그러한 만남에서 내가 후원자에게 신신당부한 것이 있었다. 반드시 제일 먼저 '대화와 정'을 나누고 물질적인 도움이 필요하면 부수적으로 '작은 금액에서 후원자가 판단해서' 후원하라는 것이었다.

우리 일행은 방문 기간 동안 일본 후쿠오카 지역의 여러 사회복지

● 〈사랑의 삼각끈〉 팀 일본 방문

시설을 둘러볼 수 있었다. 그 가운데에는 노인요양원도 있었는데, 그곳에서 '일본 젊은이들은 정말 정이 없구나'란 사실을 절감했다. 시설에 있는 일본 노인들은 자식들이 멀쩡하게 잘 살고 있는 이들이 대부분이었다. 그런데 부모님을 이곳에 맡겨 놓고 5년이고 10년이고 단 한 번도 찾아오지 않는 불효막심한 자녀들이 많다고 시설 관계자들이 전했다. "요양원 비용을 내면 됐지, 뭘 더 바라냐"는 식으로 돈이면 다 된다는 사고방식에 젖어 있으니, 정이라고는 눈곱만큼도 찾아볼 수 없는 삭막한 현실이었다. 일본 자녀들은 심지어 부모가 세상을 떠나도 찾아오지를 않는다고 한다. 인정은 메마르고 돈이면 '인륜의 도(道)'마저 모두 해결할 수 있다는 왜곡된 문화와 사고가 일본 사회에서 팽배하니, 〈사랑의 삼각끈〉이 반향을 일으킨 것은 어찌 보면 당연한 일이 아닌가!

그런데 지금 우리 사회의 모습을 보면, 예전에 혀를 끌끌 찼던 일본의 매정한 사회 풍토가 더 이상 남의 일로 느껴지지 않는다. 사회가 디지털화되고 인터넷 문화가 우리 생활을 지배하면서, 대화가 점차 단절되고 온정의 자취는 온데간데없다. 아무리 온라인 채팅을 하

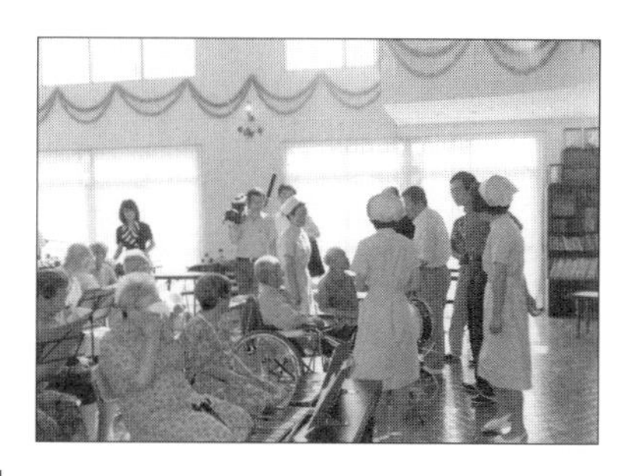

● 〈사랑의 삼각끈〉 팀 일본 후쿠오카 양로원 방문

고 메신저에 빠져 본들 사람의 온기까지 전달될 리 만무하다. 역사학자 토인비는 "한국의 효는 세계 문명에 이바지할 것"이라고 갈파했는데, 비록 지금은 우리 효가 디지털 문화 속에서 퇴색되어 가는 것처럼 보이지만 오히려 디지털 시대에 맞는 '수평적인 효문화'를 일으킨다면, 발달된 정보통신의 줄기를 타고 더 빨리, 더 강력하게 세계로 전파될 수 있을 것이다.

시사 프로그램에서 아들딸이 한 번도 찾아오지 않는 쓸쓸한 독거노인의 사연을 본 적이 있다. 20여 년 전, 일본 노인요양시설에서 봤던 그 모습이 이제는 먼 얘기가 아니구나 하는 생각에 입맛이 씁쓸해진다. 다시금 우리만의 '효문화'를 되찾아야겠다고 생각하자 마음이 바빠지는 게 내 나이 탓만은 아닐 것이다.

# 떠받들고 싶은
# 이계진 선배와 방송인 김미화 씨

〈사랑의 삼각끈〉 특집방송이 나간 뒤 반가운 소식이 들려왔다. 김미화 씨가 자녀로 맺은 아이 부모가 특집방송을 우연히 보고 미국에서 나타난 것이다. 그런데 친부모가 미국으로 아이를 데려갔으니 아이로서는 더할 나위 없이 기쁜 일이지만 김미화 씨에게는 하루아침에 후원자녀가 사라져버린 셈이 됐다. 하지만 어쩔 수 없는 일이어 그냥 잊고 있었다.

## 남몰래 실천하는 김미화 씨

〈사랑의 삼각끈〉으로 일본을 다녀온 뒤 얼마 후의 일이다. 그날도 자원봉사차 들렀던 보육원을 방문했다. 사실 김미화 씨가 후원했던 자녀도 그 보육원에 있던 아이였다. 보육원장과 이런저런 대화를 나누다 대뜸 보육원장이 "홍 선생님만 알고 다른 사람에게는 이야기하지 마세요"라면서 이야기를 꺼낸다.

"홍 PD님! 그거 알고 계세요?"

내가 '그거'를 도대체 어떻게 알 수 있을까? 그런데 원장이 비밀이라며 얘기를 들려준다. 김미화 씨가 몇 달 전에 소리도 없이 보육원을 방문해 다른 아이를 자녀로 맺어 조용히 후원해 주기로 했다는 것이다. 김미화 씨가 다시 아이를 자녀 삼아 후원해 주고 있다는 얘기를 듣고, '아, 정말 훌륭한 친구로구나' 하고 마음속으로 아낌없이 박수를 쳤다.

김미화 씨는 녹화가 있는 날이면 짬을 내어 가끔 내 방에 들러 차를 마시며 이런저런 이야기를 나누었다.

"홍 선생님 덕분에 처음으로 공익이 뭔지 알게 되었어요."

그녀는 내게 고마움을 표했고, 그 후로도 어려운 사람들을 돕는 일에 빠지지 않았다. 더구나 몇 년 전에는 대학교에 진학해 사회복지를 공부했다. 나는 그녀의 모습을 통해 진실함을 느낄 수 있었다.

"〈사랑의 삼각끈〉 안내자막이 참여 계기가 됐죠."

그렇다. 나는 억지로 권한 적이 없다. 그녀는 심성이 고와 내가 아니어도 좋은 일을 많이 했을 것이다. 나는 그녀가 좋은 일 할 때마다 전화로 격려해 주었다.

방송국에서 종종 본인 홍보를 위해 '좋은 일 하는 척'하는 연예인들을 보게 된다. 방송국 PD라면 '누가 진실하게 어려운 사람들을 돕는지' 안다. 생색내기에 연연한 많은 연예인들의 모습을 보면, 김미화 씨에게 좀 배우라고 얘기하고 싶을 정도다.

### KBS PD가 sbs에 출연

2005년 봄철, sbs에 〈김미화의 U〉라는 프로그램이 신설됐는데, 첫 방송에 주변 사람들이 '김미화는 어떤 사람인가?'라는 것을 얘기해 주는 코너가 있었다. 그런데 나에게도 인터뷰를 해 줄 수 있느냐는 요청이 왔다.

당시 지상파방송 3사가 낮방송에 들어가면서 경쟁이 매우 치열할 때였다. 하지만 경쟁사인 sbs 프로듀서는 'KBS 홍 선배가 과연 해 줄까?' 하고 망설이다가 상식에 어긋난 일이니 혼날 각오를 하고 전화했다고 했다. 그러나 나는 주저할 것도 없이 담당 PD에게 인터뷰 승낙을 해 주니 놀라워했다. KBS홀 앞마당 인터뷰에서 "김미화 씨는 착하고 진실된 사람"이라고 하며 10여 년 동안 간직했던 보육원장의 '비밀(?)'을 공개하고 비록 경쟁사 프로그램이지만 잘되기를 바란다고 축하해 줬다.

〈김미화의 U〉 생방송이 나가고 김미화 씨한테 오랜만에 전화가 걸려왔다. 언제 그런 인터뷰를 했냐면서 생방송 때 내 모습이 녹화테이프로 나오는 걸 보고 깜짝 놀랐단다. 더구나 보육원장의 비밀까지 공개를 했으니 말이다. 아무리 김미화 씨와 친한 사이라도 KBS PD가 경쟁사인 sbs 프로그램에 나왔으니 놀라는 것도 당연한 일이다.

### 항상 불효자인 이계진 선배

방송국 근무하면서 잊지 못할 또 한 분을 소개한다. 지금은 정계로 진출했지만 영원한 방송인이라고 자부했던 소박하고 신념 있는 이계진 선배가 그다. 지금은 국회의원이 돼 영원한 방송인이 되지 못한 점이 아쉽지만, 그래도 여전히 존경하는 선배다.

방송국 입사로는 3년 위인 이계진 선배가 〈100세 퀴즈쇼!〉 진행을 맡고 있을 때다. 하루는 〈100세 퀴즈쇼!〉 녹화장에서 틈이 나 이계진 선배와 개인 가정사에 대한 얘기를 나눌 기회가 있었다.

"이 선배는 성격도 좋으니까 평생 부부 싸움 할 일이 없으시죠?"

그러나 이계진 선배는 손사래를 친다.

"왜 싸울 일이 없어요. 나도 무진장 싸우는걸."

"아니, 이 선배는 무슨 일로 부부 싸움을 하는데요? 도대체 상상이 안 갑니다."

"나도 싸울 일이 많죠. 특히 아이들 교육 방법은 어떻게 할 수가 없어요!"

"그래요? 나도 교육 문제로 집사람과 티격태격하는데, 이 선배도 그런가요?"

그러다가 부모님에 대한 얘기가 나오고 두 남자의 수다는 녹화가 끝나고 저녁 먹으러 가면서, 내친 김에 차 안에서까지 이어졌다. 가정사에 대해 못할 깊은 이야기까지 서로 나누다 보니 신뢰감이 들었다. 결론은 '둘 다 불효자'였다. 늘 부모님께 더 잘해 드리지 못해 미안해하는 그런 불효자였다. 방송국에서 이런 이야기를 툭 터놓고 한 사람은 이계진 선배가 유일하다.

그런 대화가 나의 마음속에 남은 지 1년 후 사석에서 이계진 선배의 부인을 만난 적이 있었다. 남들처럼 일상적인 대화를 나누다 "남편은 효자"라며 시아버님께서 편찮으실 때 이계진 선배가 실천한 이야기를 우연히 듣게 되었다.

"시아버님 병세가 워낙 안 좋아 매일 새벽이면 대소변을 닦아 내는 게 일이었어요. 그런데 남편이 출근하기 전에 매일같이 시아버님 뒤를 손수 닦아 드렸어요. '긴 병에 효자 없다'는 속담도 있잖아요. 그런데 남편은 아니더라고요. 아무리 아들이지만, 1년여를 하루도 빼놓지 않고 한결같이 했으니까요."

힘들고 냄새도 나니 아무리 아버지라도 꺼려할 법도 한데, 이계진 선배는 절대 부인에게 미루거나 맡기지 않았다. 부인은 그런 남편에게 고마움과 미안함을 내비쳤다.

그 다음 주 녹화 때, 아버님이 편찮으셔서 힘들겠다고 아는 척을 하니 어떻게 알았느냐며 놀랐다. 아버님 병환이 어떤지 묻고 새벽마다 닦아드리고 출근하느라 고생한다고 또 아는 체를 하니 어떻게 알았냐며 수줍어했다. 역시 그동안 보아온 올곧고 묵묵한 이 선배 모습 그대로이다. 아직도 이 선배는 내가 부인을 통해 우연히 알게 된 사실을 모르고 있을 것이다. 그런 이 선배의 올바르고 표리부동하지 않은 모습이 정말로 존경스럽다.

누가 봐도 효자인데 '불효자인 척'하는 사람을 나는 좋아한다. 방송국에서 정년퇴직 때까지 그런 행동을 봐 온 사람은 이계진 선배가 유일했다. 지금은 비록 정치인이지만 이계진 선배는 정치도 부모님과 가족에게 하듯 시류에 영합하지 않고 한결같이 잘 하리라 믿는다. 효에 대한 이야기를 오랜 시간 나누고 서로가 '우리는 불효자'라고 한탄하며 '수신제가 치국평천하'의 본을 보이는 이 선배에게 신뢰감을 갖게 된 것은 자연스러운 일이다.

그런 인연으로 지금도 이계진 선배와 김미화 씨는 연락을 가끔 주고받으며 지내고 있다. 정년퇴직한 지금도 그분들은 나에게 노인복지와 효운동을 할 때 지지를 하면서 덧붙여 꼭 하는 말이 있다. 진정 어린 충고다.

"홍 PD(선생님)! 이제는 돈 좀 욕심내면서 일해(일하세요)!"

# 홍 차장은 PD가 부업, 노인복지가 본업

1979년 노인악단을 시작으로 노인복지 활동들이 화제가 되고 주목을 받으며 나는 자연스럽게 방송국에서 유명 인사(?)가 되었다. 방송국에서 만나는 선후배, 동료들마다 칭찬과 격려를 아끼지 않았다.

"정말 좋은 일 한다."

"방송 일만 해도 쉽지 않을 텐데 대단하다."

"홍순창은 KBS의 자랑이다."

이런 얘기들을 선배나 동료 PD들은 물론이고 기술, 행정, 기자 등 다른 직종의 사람들로부터도 듣곤 했다. 순진하게도 나는 그 말을 곧이 곧대로 믿었다. 21년 동안, 1997년 3월 부장 승진을 앞둔 그날까지는 말이다.

### 부장 승진을 모두 반대하네

1997년, KBS는 봄철 정기인사를 앞두고 있었다. 당시 차장이던 나는 부장 승진 대상자 중 하나였다. 주위에서는 모두 내가 부장으로 승진할 거라고 덕담을 아끼지 않던 시기에 TV제작본부장으로부터 호출이 왔다.

"이보게, 홍 차장! 이게 어떻게 된 일인가? 자네를 부장으로 승진시켜 같이 일 좀 하려고 하는데 예능국장이나 각 파트의 부장들은 물론이고 심지어 고참 PD들까지도 모두 자네가 부장으로 승진하는 것을 반대하고 있네!"

내 귀가 의심스러웠다.

'모두가 반대하고 있다니! 내가 무슨 잘못을 했기에? 내 앞에서는 모두들 이번 인사에서 부장 승진이 될 거라고 말하면서 도대체 왜 뒤에서는 반대하는 것일까?'

"자네 선배들이나 동료들이 다들 뭐라고 하는 줄 아나? '홍 차장은 노인복지가 본업이고 PD는 부업인 사람이니 부장시키면 안 된다'라고 여러 채널을 통해 나한테 얘기하고 있어!"

슈~웅! 난생 처음으로 머릿속이 하얗게 질리는 것을 느꼈다. 동시에 형언할 수 없는 배반감이 밀려왔다. 21년 동안 내 면전에서는 '훌륭한 일 한다, 대단하다'며 칭찬을 아끼지 않았던 바로 그 사람들이 말이다. 열이면 열, 백이면 백, 온갖 진수성찬처럼 말잔치를 차려놓고 뒤에서는 '홍 순창은 프로듀서 일은 뒷전이고 노인복지가 본업이다'는 식으로 모두가 내 등 뒤에다 비수를 꽂고 있었던 것이다. 지금까지 방송국에서 내 나름대로 쌓아왔던 인간관계가 한순간에 와르르 무너지는 것 같았다. 허탈감은 이루 말할 수 없었고 그들의 공치사를 21년 동안 믿었던 내 자신이 한심 또 한심스러웠다. '조직이 이토록

무서운 것이구나' 하는 것을 처음 느꼈다. 신앙과 어머니, 그리고 셋째형님을 생각하며 마음을 가라앉히려고 무던히 노력했지만 억울함이 풀리지 않았다.

물론 그들 말처럼 만약 내가 PD 일은 건성건성 하면서 노인복지 일에만 매달렸다면 나도 할 말은 없었을 것이다. 하지만 노인복지 일을 한다고 내 본분을 소홀히 한 적은 단 한 번도 없었고, 특히 대통령 면담을 가진 뒤에는 혹시라도 누가 오해를 할까 봐 오히려 처신을 매우 조심했었다. 그 사실은 내가 기획하고 연출했던 프로그램들의 실적과 평가가 말해 준다. 그리고 사내외에서 프로그램 기획과 연출상을 여러 차례 수상한 덕분에 근무평가 점수가 높아서 차장 승진은 입사동기생 중에서 가장 먼저 할 수 있었다. 그뿐인가. 방송국 통폐합 후 매일 아침 7시에 사무실에 가장 먼저 출근해 일을 하니 선후배들이 '새벽반장'이라고 별명을 붙여 주기도 했으니 말이다.

다만 20년 넘게 자원봉사 일을 하느라 퇴근 후 선후배 동료들과 그 흔한 소주, 맥주 한 잔 못한 것이 이런 결과를 낳았구나 하는 생각에 자괴감이 밀려왔다. 그리고 골프바람이 불기 시작했던 당시, 선배들이 인맥 쌓기 차원에서라도 골프를 배우라고 수십 번 권유할 때, 퇴근 후 자원봉사 때문에 시간을 쪼갤 수 없어 외고집으로 배우지 않았던 것이 결국 이런 수모를 당하는구나 하는 자책감이 나를 무척 괴롭혔다.

지금 생각해 보면 새벽형 인간으로 20년 이상 생활하다 보니 남들보다 두 배 이상 일을 한 것 같다. 본업인 프로그램 제작은 물론이고 시각장애인시설, 청각장애인시설, 지적장애인시설, 양로원, 고아원,

복지관 같은 곳에서 20여 년 이상 자원봉사 일들을 했었다. 퇴근하면 밤늦게 조깅을 하고 휴일에 테니스를 치며 건강을 유지한 것도 두 가지 일을 병행하는 데 체력적으로 큰 도움이 됐었다. 하지만 가족들한테 남편, 아빠로서는 영점짜리였던 것은 지금도 못내 미안하다.

"본부장님! 저… 한 말씀만 드려도 되겠습니까?"

"해 보게."

"잘 아시겠지만 KBS에 직원이 6천여 명이나 됩니다. 가족들도 형제자매가 많으면 별일이 다 있게 마련입니다. 그 중에는 착한 형제도 있고 말썽 피우는 형제들도 있지만 저로 인해 KBS가 욕먹는 일은 절대 없도록 했습니다."

"알아! 홍 차장. 자네 때문에 KBS가 좋은 일 한다고 신문에 난 게 어디 한두 번인가! 그리고 자네가 노인복지 일 한다고 방송 일을 소홀히 하지 않았다는 건 내가 더 잘 알고 있네. 그동안 감사실이나 여러 채널로 자네와 관련해 불미스런 일이 없었다는 거, 이미 체크 다 끝냈어. 그리고 자네가 부원들에게 장악력이 좋다고 평가됐으니 부장 승진은 내 생각대로 사장께 제청했어. 결과를 두고 보자고! 그 대신, 아쉽겠지만 노인복지 일은 내가 본부장으로 있는 동안에는 접어두고 나 좀 도와줘."

"……. 알겠습니다. 내일부터 노인복지 일, 그만두겠습니다."

다음날 나는 사회복지법인 은초록에 전화를 걸어 모든 활동을 접겠다고 통고했다. 통고는 했지만 그날 저녁, 많은 생각이 주마등처럼 밀려와 잠이 오지 않았다. 20대 후반부터 노인악단을 시작으로 40대

초반까지 거의 20년 동안 젊음과 정열을 바친 노인복지 일과 효운동이었기에 말이다. 그러나 나 스스로 위로를 했다.

'죽으면 이 세상에 내 것은 아무것도 없다. 오직 하나 내 것이 있다면, 그것은 내가 남들을 도와준 것 뿐이다.'

'그래, 나는 항상 무에서 유를 창조하려고 노력했지. 지금까지 형극의 길을 걸어오며 탈 없이 끌고 온 것만도 정말 다행이었어. 앞으로 누가 은초록법인을 이어갈지 알 수 없지만 무탈하게 영원하기를 빌자.'

나는 돌아가신 아버지를 닮아 남들에게 필요한 것은 미련 없이 주는 성격이다. 며칠 지나니 내게 옥동자와 같은 은초록법인은 거짓말처럼 잊을 수 있었다. 방송국 입사하던 날, 어려운 사람들을 위한 프로그램을 하겠노라고 셋째형님과 맺었던 약속은 여전히 가슴에 남아있었다. 하지만 지금까지 선배, 동료라고 여겼던 사람들과의 믿음이 무너져 내린 상황에서 더 이상 뒤통수를 맞고 배신감을 느끼며 효운동과 노인복지 일을 할 수는 없었다. 그러나 내 마음 깊은 곳으로부터 완전히 사라진 것은 결코 아니었다.

자기가 만든 조각상을 진짜로 사랑한 그리스 신화 '피그말리온'처럼 나에게는 효운동을 통한 노인복지 일이 가시밭길이기도 했지만 사랑의 길이기도 했다. 그리고 고생하며 정든다는 말처럼 효운동은 어느덧 내 가슴에 뗄 수 없는 운명의 연인처럼 느껴졌다. 그래서 정년퇴직 후에 이 일을 다시 시작하리라 가슴에 묻고 머릿속에 떠오르는 '아이디어'들을 틈틈이 메모지에 적어 간직했다.

당시에는 어쩔 수 없는 상황이었지만 정년퇴직을 하고 나서 가장 후회되는 것이 나에겐 옥동자였던 '사회복지법인 은초록'을 포기한 일이다. 지금도 방송국 모임이나 사회 모임에 참석하면 각 언론사에서 가정 부문을 담당했던 기자들이 나를 보며 농담 반 진담 반 이야기한다.

"홍 선배! 홍 선배가 은초록을 그만둔 뒤로는 재미있는 노인 기사가 영 안 나와요!"

# 2부

## 한국의 효문화, 국가 브랜드로 만들자

# ‘효’보다 더 아름다운 ‘불효’

효운동을 하며 한 가지 느낀 점이 있다면 바로 여성들이 ‘효’라는 단어 자체를 싫어한다는 사실이다. 은초록법인 일을 하면서 신문기자들과 만나면, 효운동과 노인복지 외에도 이런저런 얘기를 하게 마련인데, “대부분 여성 기자들은 효에 관한 기사를 안 쓰려 한다”는 이야기를 들었다. 그러다 보니 신문사 데스크에서는 5월 ‘가정의 달’과 10월 ‘효의 달’에 효 관련 기사를 찾아 쓰라고 압력을 넣기까지 한다고 한다. 하지만 여성 기자들은 지금까지의 효 기사는 여성들에게 족쇄만 채우는 결과를 낳았다며 전통적으로 내려온 수직적 효를 바탕으로 한 기사는 꺼린다는 것이다. 이런 이야기를 들으며 효의 역발상으로 ‘불효’를 소재로 해 보면 어떨까 하는 생각이 들었다.

### 대한민국 자녀들은 ‘불효자’

대한민국의 많은 자녀들은 5월, 가정의 달만 되면 불효자라는 부채의식을 느끼며 일 년 동안 하지 못했던 효를 하루 만에 땜질(?)하는 '반짝 효자'가 된다. 심지어 효행상을 수상한 사람들도 "당신은 정말 효자네요"라고 칭찬하면 "저는 불효잡니다"라고 응수한다. 오죽하면 효녀의 대표격인 심청이도 아버지 눈을 뜨게 하려고 인당수에 몸을 던지기 전에, 아버지보다 먼저 죽으니 '불효여식'이라고 말했을까.

사람에 따라 부모에게 잘 하는 이들도 있고 못하는 이들도 있지만 대한민국 국민이라면 대부분 부모에게 '자신은 불효자'라는 정서를 갖고 있다. 그렇다면 '아름다운 불효'라는 명칭을 사용해 개인들의 사연을 받아보면 어떨까 하는 데에 생각에 미쳤다. 이것저것 자료를 찾아보니 불효 관련 이벤트를 만들 수 있을 것 같아 주위 사람들 반응을 살펴보았다. 그 중에는 '재미있다'라는 사람도 있고 '불효'라는 단어 자체에 거부 반응을 갖는 사람도 있었다. 그런데 인터넷에 익숙한 학생이 "우리들은 비트는 걸 좋아하잖아요"라는 말에 귀가 번쩍 뜨였다. 그래서 '아름다운불효 사연공모'라는 기획안이 바로 만들어졌다.

협찬할 회사를 물색한 후 취지를 설명하고 2006년 5월에 '아름다운불효 사연공모'를 개최했다. 새로운 아이디어를 갖고 추진할 때는 늘 '잘될까?' 하는 걱정이 항상 앞자리를 차지한다. '아름다운불효 사연공모'를 추진하면서도 '과연 사연이 들어올까, 사연이 들어오면 어떤 내용들일까?' 걱정 반, 기대 반으로 머릿속이 꽉 찼다. 행사 내용을 언론사에 보도자료를 통해 알리니 별 반응이 없어 걱정이 태산이었다. 그런데 며칠 후 ㅅ신문에 단신으로 행사 내용이 실리면서 문의가 조금씩 오기 시작했다. 다행히 인터넷에 올린 행사내용을 보고 시간이 흐를수록 국내뿐 아니라 세계 각국의 교포들로부터 이메일 사연이 답지했다.

한 달여 동안 720여 편의 보석 같은 사연들이 편지와 이메일로 도착했다. 사연 하나하나가 생각지도 못한 재미가 있어서 성공할 것 같은 예감이 들었다. 이러한 중에 한 종합일간지 여성 기자가 '아름다운불효 사연공모' 기사가 ㅅ신문에 단신으로 실린 것을 보고 제목이 재미있다며 "왜 내게는 이런 보도자료를 안 줬느냐"고 전화로 서운해한다. 물론 각 신문사에 빼놓지 않고 보도자료를 보냈는데 아마 그

여든 노모에 밭일 시키고 – 연락 없이 불쑥 시댁 찾고

'불효 작전'으로 효도한다

'아름다운 불효자' 사연 공모

하체에 힘 빠진 어머님께
"돈 아끼게 밥 좀 ~" 부탁
몰라보게 건강 좋아져

용돈 안 받는 시어머님
시누이 통해 몰래 전달
시골 시댁도 '깜짝 방문'

고부 갈등에 이혼 직전
어머니 "따로 살지" 선언
집 근처 아파트 얻어드려

● '아름다운 불효사연' 중앙일보 문화면 전면기사(2006년 5월 8일)

기자에게는 전달이 안 됐나 보다. 그 기자가 이 행사에 많은 관심을 갖고 어떤 종류의 사연들이 있느냐, 어떤 사람들이 사연을 보내느냐 등 이것저것 물어보더니, 데스크에 상의해 보고 기사를 써 볼 테니 본인만 쓸 수 있도록 해 줄 수 있냐고 부탁을 했다. 며칠 후, 기자가 아예 사무실까지 찾아왔다. 데스크에서 기사 내용을 보고 문화면 전면기사로 할 예정이라며 이틀 동안 취재를 했다.

### 젊은이가 함께하는 효문화

사연을 보낸 사람들은 정말 다양했다. 한국 청소년들은 물론이고 캐나다, 미국, 일본, 독일, 프랑스, 중국, 뉴질랜드의 가족들과 젊은이들, 그리고 국내의 가족들까지 사연을 보내왔다.

심사기준은 1. 사실성 2. 논리성 3. 대중성 4. 가족화목 이렇게 네 가지로 정하고 신경림 시인 외 다섯 명이 심사를 했다. 오랜 시간 심사를 끝내고 난 후, 심사위원들은 "그동안 여타 노인단체나 일반 단체들이 주최한 효 행사를 많이 보고 듣곤 했지만 '불효'라는 역발상을 통해 젊은이들에게 '효의 메시지'를 전한다는 것이 이렇게 새롭고 좋을 수가 없다"고 평가했다. 이틀간 취재했던 여성 기자도 쇼·오락 PD면서 노인전문가라는 독특한 이력은 전부터 듣고는 있었는데, "그동안 효 관련 기사를 많이 썼지만 '아름다운불효 사연'만큼 재미있고 의미 있는 내용을 취재해 본 적이 없었다"며 홍 PD다운 아이디어와 기획에 덕담을 아끼지 않았다.

'아름다운불효 사연공모' 행사를 하며 얻게 된 큰 성과가 있었다. 이제 효는 노인과 가족 그리고 젊은이들이 함께 참여하는 '효문화'

로 만들어야 하고 젊은이들이 '함께'할 수 있는 수평적인 효가 되어야 '효문화'로 발전할 수 있으며 한류 차원에서 세계로 나아갈 수 있다는 사실이다. 몇 백 년 동안 지켜져 온 전통이라도 변화를 줘 더욱 발전할 수 있다면 변화를 두려워하지 말아야 한다고 믿게 된 것이다.

# 수직적 효, 수평적 효문화

2009년, 모 결혼정보회사에서 미혼 남녀를 상대로 한 설문조사 결과를 보면 전통적인 수직적 효가 현대 사회에서 어떤 문제를 안고 있는지를 뒷받침한다. 여성 응답자의 61%가 효심이 지극한 사람은 배우자로 "싫다"고 대답했다. 그러나 남자는 25%만 "싫다"고 응답했다. 효성스런 남자가 싫다는 여성들의 근거는 가족보다는 부모 중심의 결정(34%), 지나친 편 가르기와 고부 갈등(26%), 배우자의 부모에 대한 효심 강요(22%)와 같은 이유를 주로 꼽았다. 과연 이런 맹목적인 효의 모습들을 여성들의 생각이 잘못되어서라든가, 속된 말로 '젊은 것들이 버릇없다'는 식으로 봐야 할 문제일까?

### 회초리 효와 IT

시대는 많이 변했다. 옛날에는 밖에 나가 돈 벌어 오는 것은 남자들 몫이었고, 여성은 집안에서 살림만 하고 시부모 봉양하며 자식 키우는 게 최고 미덕이었다. 딸은 출가외인이기에 친정은 아예 잊고 사는 게 당연시되었다. 다시 말해 일상생활에서 자식이 '효'를 실천하는 몫은 대부분 여자가 떠안았다. 요즘에야 명절 때 여성들이 음식을 하는 것도 힘들어해 남자들이 명절 일을 돕는 추세지만 옛날 여성들은 명절뿐 아니라 매일 시부모 밑에서 혹독함을 겪어야 했다. 곧, 여성들 입장에서 본다면 회초리로 상징되는 '수직적 효'가 자신들을 힘들게 한 것이다.

하지만 지금은 어떤가? 여성들의 사회 진출이 활발하고 남성 전유물로만 여겨졌던 분야에서도 여성들이 다양한 활동을 펼치고 있다. 심지어 남성보다 능력이 뛰어난 여성을 뜻하는 '알파걸'이란 말이 나올 정도다. 옛날에는 변변한 교통과 통신수단이 없었으니 친정에 가거나 연락하는 것이 시간이 많이 필요한 큰일이었지만 요즘은 마음만 먹으면 쉽게 이룰 수 있다. 남녀평등이 신장되고 우리 사회 각 분야의 모습이 크게 달라진 지금, 옛날 사회에서 통하던 맹목적인 '효'가 여성에게는 공감될 수가 없는 것이다.

또한 국민소득이 높아질수록 '효'는 여성과 자녀들에게는 귀찮은 것으로 전락하고 있다. 소득이 높아지고 살림살이가 넉넉해지니 부모에게 정성 대신 물질로 해결하면 된다는 사고방식이 점점 커지고 있는 것도 현실이다.

그렇다면 '효'는 이제 시대에 뒤떨어진 낡은 가치일 뿐인가? 절대 그렇지 않다. 현대 사회는 물질 만능주의와 이기심이 팽배하고 정보기술(IT)과 나노기술(NT)로 인한 인터넷, 통신, 방송 등의 융·복합화가 상상을 초월하는 엄청난 발전을 이루고 있다. 요즘은 자고 일어나면 세상이 바뀌어 겁이 날 정도다. 오죽하면 전 세계 IT 기술이 1년 정도만 멈췄으면 하는 사람들도 있을까? 특히 인터넷 발달로 이제는 지구촌이 아니라 세계가 하나의 '작은 마을'이 되어 좁으면서도 편리한 세상이 되었다. 반면에 인간성은 상실되어 가정에서조차 부모와 자녀 간에 대화가 단절되어 가고 있는 것이 현실이다.

### 독버섯 '패륜게임'

대화 없는 현실이 어제오늘이 아니다 보니 끔찍한 범죄가 뉴스에 종종 오른다. 미국 유학까지 갔다 온 아들이 부모가 용돈을 안 주고 무시한다는 이유로 부모를 등산용 칼로 무자비하게 살해한 경악스러운 사건이 있었다. 길을 걷던 할머니에게 '재미 삼아' 오물을 던진 십대들, 그리고 보험금을 타서 '강남에서 인간답게 살겠다'며 후배를 시켜 엄마와 누나를 청부살해한 자식도 있었다. 그리고 10년 간 딸을 감금하고 성폭행을 일삼은 아버지, 지난 3월에는 여중생을 성폭행하고 살해해 매장시킨 것 등 상식으로는 도저히 할 수 없는 패륜범죄가 늘어나면서 사회와 가정에 눈물을 나게 만들고 있다.

심지어 일본 '패륜게임'이 한국으로 수입되어 젊은이들 사이에 만연하는 현상을 어떻게 봐야 할 것인가? 특히 지난 2월 말, 놀이미디어교육센터에서 서울지역 7개 초등학교 4~6학년 학생 1,361명을 상대로 인터넷게임 생활실태를 조사했더니 무려 68%(828명)가 '꾸중하는 부모는 적군'이라 생각하고, 부모를 살해하거나 흉기로 신체를 훼손하는 그림을 그렸다는 기사가 실렸다. 이렇게 온 사회에 '패륜'이라는 독버섯이 퍼지고 있는데도, 국가나 기업 그리고 개인은 '국

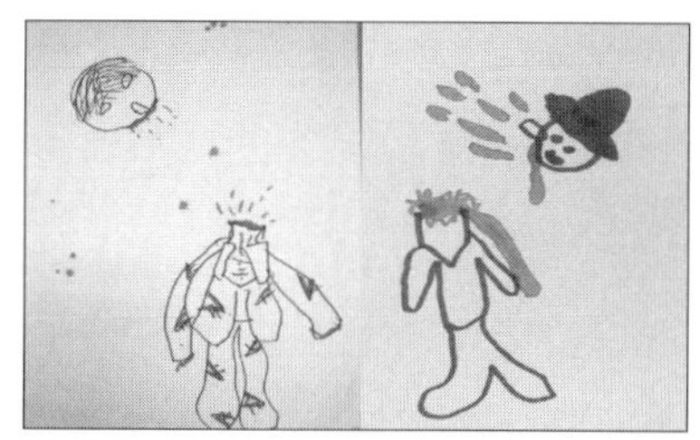

● 2010년 2월 21일 초등 4~6년생 상대 '인터넷 게임 생활 실태 조사'에서 학생들이 실제로 그린 그림. 대부분 흉기로 상대를 잔혹하게 살해하는 장면을 표현하고 있다.(놀이미디어교육센터 제공)

민소득 2만 불, 3만 불, 5만 불'만을 향해 외칠 것인가. 국민소득 증가와 함께 가정에서, 동네에서, 학교에서, 국가에서 예절을 반드시 가르쳐야 국격 있는 일류 사회가 되는 것이다.

### 과거 효, 현재 효, 엉켜야 한다

조선시대 정조 대왕이 지금에 와서도 높은 평가와 존경을 받고 있는 이유는 무엇일까? 실학을 토대로 경제를 발전시키고 농업, 국방력을 튼튼하게 해 조선 후기 문화 르네상스를 이룩한 치적도 있을 것이다. 그뿐만 아니라 어머니 혜경궁 홍씨와 아버지 사도세자에게 효를 실천하는 군주의 모습으로, 그저 한 사람의 자식으로 백성들에게 다가섰던 모습으로 백성의 나라를 만들었던 업적을 깊이 성찰해야 할 것이다.

가까운 미래는 로봇이 노인 수발을 대체할 것이라고 한다. 아무리 과학기술이 발달하고 세상이 빠르게 변해도 성경의 다섯 번째 계명에 "네 부모를 공경하라", 그리고 불경에서 말하는 '부모은중경(父母恩重經)'같이 동서양 모두 부모에 대한 '공경'을 말하고 있다. 이와 같이 가족의 생명력이랄 수 있는 '효'를 인간이라면 누구도 팽개칠 수 없는 것이다. 오히려 지금과 같이 심성이 메마른 시대는 우리 '효'가 한국 사회를 건강하게 지탱해 주는 버팀목 구실을 할 수 있도록 해야 한다. 다만 바뀐 시대에 '효'의 모습도 '회초리'로 상징되는 수직적 효와 '재미있는' 수평적인 효가 마치 씨줄 날줄처럼 섞여 새로운 패러다임의 효문화로 탄생해야 한다는 것이 나의 생각이다.

어제까지 정답이었던 것이 내일은 정답이 아닐 수 있다. 농경사회 벼 문화권의 단어인 '효'가 하루가 다르게 변하는 환경 속에서 재빠르게 대처하지 못한다면 사람들 마음은 황폐해지고, 사회적으로 패륜과 같은 여러 가지 큰 문제가 일어날 것이다. 이런 현실을 두고 '버릇없는 젊은이' 탓만 해서는 안 된다.

노인인구의 폭발적인 증가에 대처하는 노인산업과 노인복지 그리고 효문화는 개인, 가족, 기업, 국가 모두가 하나의 유기체처럼 얽혀 있다. 다가오는 (초)고령사회에서 노인산업·노인복지·효문화는 낡은 사고에서 벗어나 새로운 아이디어를 만들어 접근해야 한다. 이는 곧 가정, 기업, 더 나아가 국가와 사회 발전으로 이어지는 것이다.

기업과 국가가 발전하기 위한 기반은 경제를 비롯해 다른 분야도 중요하지만 그에 못지않게 가정이 으뜸으로 중요하다. 가정이 화목

함으로써 사회가 발전하고, 사회가 발전함으로써 그 영향력이 가정으로 되돌아오게 된다. 산업화가 지난 자리에는 풍요가 있고, 정보화가 활성화된 자리에는 스피드와 편리함이 있다. 하지만 풍요와 정보화가 남긴 어두운 그림자는 사회적으로 치유하기 힘든 개인들의 이기심과 '휴머니즘의 꽃'이라고 할 수 있는 효를 사라지게 하고 있다. 이런 분위기에서는 위아래 질서도 없고 인간성이 말살된 사회가 될 것이라는 예측은 누구나 할 수 있을 것이다.

# 한국 효, 세계에서 통한다

2006년 늦여름, 아들이 만든 지게에 병든 아버지를 모시고 여행을 갔던 '금강산 지게꾼' 사진기사가 한국 사회를 훈훈하게 한 적이 있었다. 이 내용은 중국에서도 보도되어 화제가 됐는데, 이 기사를 본 중국교포 사업가가 금강산 지게꾼 부자를 중국으로 초청해 한국의 효를 귀감으로 삼도록 했다. 최근 급속하게 산업화가 진행되면서 사회적 병폐가 점점 심해지고 있는 중국에서도 한국의 지게꾼 부자 모습을 보며 가슴을 적셨다. 또한 병들고 실명된 팔순 노모를 봉양하고 어머니 말씀을 국정에까지 실천한 중국의 원자바오(溫家寶) 총리 이야기는 중국 전체를 감동시켰다.

**'효'가 세계인에게 감동을**

미국 빌 클린턴 대통령이 아시아 지진 피해 지역을 돌아볼 당시, 함께 비행기를 타고 가던 80대 초반인 조지 부시 전 대통령에게 자신은 밤새 카드놀이를 하겠다며 하나밖에 없는 여객기 침실을 양보하고, 사실은 옆방에서 쭈그리고 잤던 일화에 대해 외국 특파원들이 큰 찬사를 보낸 바 있다.

제40회 슈퍼볼 최우수선수 한국계 하인스 워드(Hines Ward)의 어머니에 대한 효심도 미국 전역에 알려져 미국인들을 감격하게 했다. 덕분에 한국에 대한 인식도 좋아져 삼성전자, 현대자동차를 비롯한 한국 제품 판매에도 도움이 되었다고 한다. 이러한 사실을 봐도 효는 인류 보편적인 것으로 해외뿐만 아니라 우리 국민 가슴에도 자랑스러운 자양분으로 남아 있는 것이다.

우리 사회는 국민소득 2만 불을 넘어 3만 불, 5만 불 시대를 바라보는 선진국으로 진입하고 있다. 이러한 경제력과 시대 변화에 맞는 '효문화'를 만들어 가야 할 때다. 이제는 자식들에게 무조건 부모를 책임지라는 전근대적 발상에서 벗어나 고령화사회로부터, 고령사회

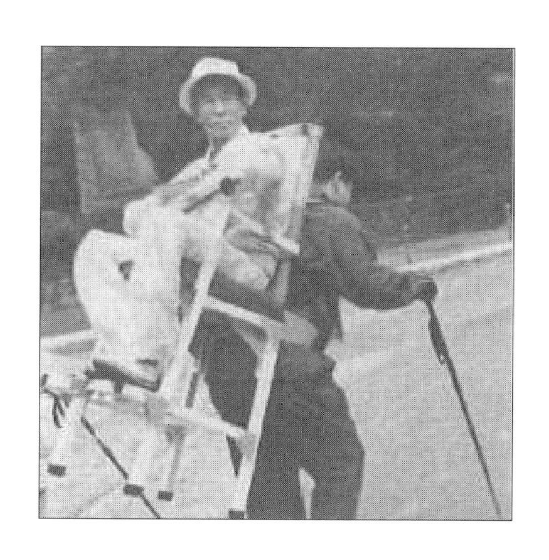

그리고 초고령사회를 대비해 국가와 기업 그리고 국민 모두가 눈을 크게 뜨고 노인문제를 직시해야 한다.

국가에서 예산과 시스템을 확보해 하드웨어적인 사고로만 노인들을 보호한다는 것은 한계가 있다. 복지 천국인 스웨덴 사람들이 한국 입양아들을 선호하는 이유를 몇 년 전에 현지 교포에게서 들은 적이 있었다. 한국 입양아들은 성장하면 자연스레 스웨덴 부모에게 순종하고 가족 화목에 기여한다고 한다. DNA에 '효 유전자'가 있는 듯한 한국 입양아들의 모습을 보며 스웨덴 사람들도 한국 아이를 선호하게 된다는 것이다.

### '대박' 맞은 한국 며느리

KBS 차장 시절 방송국에서 구성작가로 일했던 한 여성은 효심 덕분에 뜻하지 않은 대박(?)을 맞기도 했다. 이 구성작가는 호주인과 결혼해 호주로 시집갔는데 주말에 시어머니께서 아들집에 올 때마다 따뜻한 점심을 해 드리고, 샤워할 때 등도 닦아드리니 호주인 시어머니가 그동안 살며 이런 인간적인 경험은 처음이라 매우 좋아했다고 한다. 주말에 올 때마다 이렇게 정성(?)을 들이는 한국 며느리에게 감동받은 시어머니는 돌아가시기 전, 변호사 사무실에 가 공증을 받아 100만 호주달러 정도의 재산을 다른 호주 아들 내외에게는 한 푼도 주지 않고, 한국인 며느리 내외에게 모두 상속해 줬다고 한다. 그녀는 호주인 남편과 함께 한국에 휴가차 들러 이런 체험담을 자랑스럽게 들려주는데 남편도 고개를 끄덕이며 흐뭇한 표정이었다. 한국 며느리는 결혼 전 방송국에서 구성작가로 일할 때 내가 틈틈이 '효운동' 하는 것을 지켜보며 답답한 PD라고 느꼈었는데, 호주에서 자신도 모르게 '효'를 실천해 보니 외국인들에게도 가슴으로 통하더라고 이야기한다. 이어 생각지도 못한 큰 상속까지 받으니 홍 차장이 선견지명이 있다며 '한국 효운동 호주지부'를 만든다면 그 지부장은 본인이 맡겠다고 웃으며 말하면서, 아울러 외국인들의 생활문화를 참고해 효를 세계화해야 한다고 주장한다.

미국에는 '개척 정신'이, 일본에는 '사무라이 정신'이 있어 국격과 함께 경제대국 세계 1, 2위가 되는 데 일조했듯이 대한민국은 외국인들도 부러워하는 '효 정신'을 밑바탕으로 선진국으로 가야 할 것이다.

# 대한노인회, 변해야 한다

외람된 이야기로 '고얀 놈!' 소리 들을 각오하고 회초리 갖다 놓고 쓴다. 대한노인회는 명실공히 대한민국 노인들을 이끌어가는 리더이자 향도이다. 그동안 노인들을 위해 많은 일을 한 단체지만, 이제는 사회 변화에 비추어 지금까지 해 온 일들을 되돌아볼 필요가 있을 것 같다. '고얀 놈!'이라는 소리를 들을 각오하면서도 이 글을 쓰는 데는 그만한 이유가 있다.

## 생각에 먼지가

지난 3월, 노인에 관한 자료를 찾기 위해 대한노인회 홈페이지에 들어가 회장님 인사말을 읽어 봤다. "노인에 관심 있는 사람들은 대한노인회 홈페이지 자료를 많이 활용하라"고 친절히 쓰여 있었다. 반가워 자료실에 들어가 보니, 최근 자료는 3년 전인 2007년 9월 19일, 경로우대 교통비 외 7건이 고작이었다. 혹시 잘못된 것은 아닌지 싶이 필요한 자료를 찾아 이리저리 뒤져 보아도 '이건 아니다' 싶은 생각이 들었다. 쓴소리할 생각을 하니 내심 고민이 되었다. 대한민국에서 감히 누가 대한노인회에 감 놔라 대추 놔라 할 수 있겠는가. 그래도 관심을 갖는 것도 애정의 발로라고 이해해 주기 바란다.

노인복지 일을 하면서 그동안 서너 번 대한노인회 간부를 만나 대화를 나눈 적이 있었다. 하지만 20년 전의 이야기나 몇 해 전 이야기나, 대한노인회 간부들을 만나서 이야기하고 나면, 마치 동네가게에서 안 팔리는 상품들 위에 먼지가 뽀얗게 쌓여 있는 듯한 느낌만 남았다. 대한노인회 홈페이지 자료에서도 확인했듯이 변화하고 있는 노인사회와는 한참 거리가 먼 모습이었다.

대한노인회는 노인들의 30~40년 된 경륜과 능력을 활용해 경제발전에 맞는 창의력으로 (초)고령사회에 이바지해야 된다고 본다. 특히 대한노인회는 '우리 사회의 어른'이라는 위치도 중요하지만 빠르

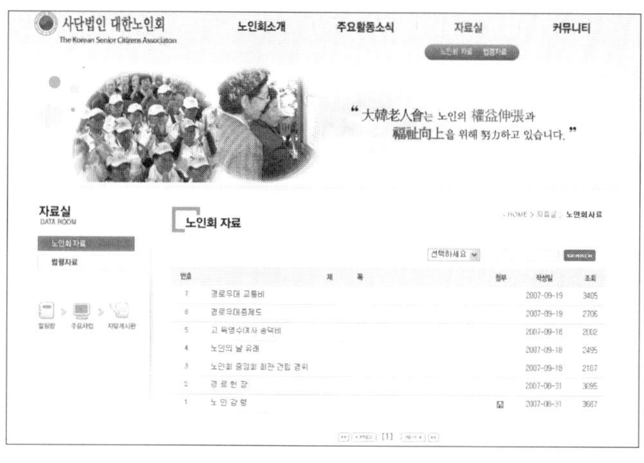

●2010년 3월 대한노인회 홈페이지 자료실 캡처

게 변화하는 세상에서 그 흐름을 쫓아가기 버거운 노인들이 기댈 수 있는 버팀목이 되어야 한다. 따라서 아이디어를 찾아 작은 것부터 하나하나 추진해 다양한 결과물로 사회나 기업들에게 필요한 자료를 지원해 주어야 한다. 예를 들어 '노인로봇'이나 '노인의 성(性)' 같은 주제를 놓고 전국 조직을 활용해 대규모로 조사하고 이에 관한 자료를 필요로 하는 정부나 기업, 단체에 제공하면 노인산업과 노인복지에 일조할 수 있을 것이다. 마음먹기에 따라 당장 실천할 수 있는 것과 단·중·장기적인 계획, 아이디어가 주위에 지천으로 널려 있다.

국가의 예산 지원과 노인복지 시스템은 어디까지나 최소한의 울타리다. 정부 예산과 노인복지 시스템이 대한민국의 노인을 지켜준다고 생각하면 그것은 큰 착각이다. 국가만을 바라보는 단체나 개인은 발전이 없다. 젊은이건 노인이건 '내가 무엇으로 국가를 도울 수 있는가'를 생각하고 스스로 작은 것부터 실천하는 것이 국민 된 도리다. '주민등록부 나이'는 정부나 지방자치단체에서 도움을 받을 권리를 나타내지만 정신이 살아 있는 노인이면 국가 지원에 관계없이 자립하도록 노력해야 한다. 요즘은 젊은이들마저 국가나 가족에게 무엇인가를 요구하며 혜택 받는 것을 당연히 여긴다. 노인이든 젊은이든 능력이 있으면 자립하도록 노력해야 함에도 그렇지 못한 것이다. 자립의 긍지만큼 행복한 것도 없다는 사실을 깨달아야 한다.

지금은 모든 분야에서 창의력이 있어야 개인이나 기업, 심지어 정부 각 부서에서도 우대받는다. 노인사회도 예외는 아니다. 지금의 노인들은 지난 6·25전쟁과 4·19혁명, 보릿고개 등 사회격변기에 온갖 고생을 하며 국가와 경제를 발전시키는 데 일조했다. 그러나 조자룡

헌 칼 휘두르듯 노인들이 시도 때도 없이 이런 훈장을 내세울 시대는 지났다. 칭찬도 본인 스스로 되풀이하면 듣기 싫게 마련이다.

대한노인회는 전국에 조직과 공간 그리고 예산이 있으니 마음만 먹으면 무엇이든지 할 수 있는 단체다. 예산이 부족하면 아이디어를 바탕으로 기획을 해서라도 노인복지법으로 보장하고 있는 정부와 기업의 후원을 받아 대한노인회가 향도 역할을 한다면, 노인사회, 더 나아가 한국 사회 전체에 신선한 바람을 일으킬 것이다. 노인들 자신이 지닌 경험과 경륜을 크건 작건 사회에 쏟아야 노인 자신을 지키는 것이고 다가오는 (초)고령사회에 이바지할 수 있을 것이다. 모든 것이 변하는 세상에서 언제까지 대한노인회만 '무풍지대'로 남아 있을 것인가. 환골탈태의 변화가 있어야 한다. 대한노인회는 경륜과 호적상의 나이로 단체를 이끌기보다는 아이디어와 기획력, 추진력 있는 사람들을 발탁해 단체에 활력을 불어넣는 것이 (초)고령사회를 대비한 바람직한 모습일 것이다.

### 좌석을 양보하는 사건(?)

돈이 많든 적든 자신의 몸을 움직일 수 있는 노인들은 국가에 짐을 덜어주기 위한 노력을 게을리해서는 곤란하다. 노인 자신이 규칙적인 운동으로 건강을 유지하면 그만큼 국가 재정에 도움이 될 것이고, 동네나 산에 가서 운동 삼아 쓰레기를 줍고 청소를 한다든가, 젊은이들이 바빠 혹은 게을러 못하는 것들을 찾아 노인들이 눈치껏 해 주면 젊은이들은 그나마 고마워할 것이다.

노인들이 대중교통 이용할 때 몸이 많이 불편하지 않다면 한 번쯤은 젊은이들에게 좌석을 양보해 보자.

"젊은이들은 나라를 이끌어갈 중추인데 책이라도 보게 앉지!"

"공부하느라 피곤할 텐데 눈이라도 좀 붙이며 가라!"

오히려 이러한 미덕을 발휘한다면 노인들을 바라보는 시선이 어떻겠는가! 나이가 들었으니 대접 받아야 한다는 생각에서 벗어나자. 노인들이 젊은이들을 아끼고 따뜻하게 대해 줄 때 젊은이들도 마음에서 우러나와 노인을 공경하는 사회가 될 것이다.

미국, 일본, 프랑스, 스웨덴 등 노인복지 선진국의 노인정책은 시스템과 돈에 기반하고 있다. 이러한 정책은 '밑 빠진 독에 물 붓기' 꼴이어서 (초)고령사회에는 국가 재정이 파탄 날 것이라고 외신들은 보도하고 있다. 이러한 상황에서 노인문제 해결을 선진국 모방과 따라잡기로 일관할 것인가?

우리는 우리 고유의 '효문화'를 적극 활용해야 한다. 물론 정부와 기업의 재정적인 지원도 필요하다. 하지만 물고기를 잡아주기보다는 물고기를 잡는 방법을 가르쳐줘야 한다. 생산적인 노인복지 정책은 지혜와 아이디어에서 비롯된다. 또한 생활보호대상자 노인도 아니고 상류층 노인도 아닌, 베이비붐 세대를 비롯해 경륜과 뜻을 지닌 분들이자 노인인구의 70%를 차지하는 800~1,000만여 명의 55세 이상 중간계층은 어떻게 할 것인가를 생각해야 한다. 마치 큰 불덩어리가 발등에 떨어진 형국이다.

### 꿈틀대고 있다

도시 젊은이들의 의식을 생각해 보자. 시골에 계신 부모를 모신다고 아파트로 모시고 생활하거나, 이민 갈 때 가기 싫다는 부모를 억지로 모시고 외국에 나가는 것이 젊은이들 사고방식이다. 물론 그렇지 않은 자녀들도 있지만 대부분은 자녀들 교육을 위해 좀 더 나은 환경에서 생활하고 싶은 것이 그들 생각이다. 하지만 왜 부모들이 고향의 흙냄새와 그리운 친구들을 뒤로하고 도시나 외국에서 유배생활을 해야 하는가? 부모의 처지는 염두에 두지 않는 것인가? 요즘 젊은 부부들은 부모는 뒷전이고 자신들과 자녀만을 먼저 생각한다.

반면 요즘 노인들은 어떤가? 이제는 X세대 시어머니, 시아버지가 있는가 하면, 60~70대에도 삶을 즐기려 이성친구에게 러브레터를 보내고 컴퓨터를 배워 손자손녀들과 채팅도 하며, 우아한 노년을 보내고자 성형수술도 마다하지 않는 시대이다. 지난 1월 한겨울, 70대 노인이 손자뻘 되는 청년들과 함께 우리나라에서 가장 훈련이 고되다는 특전사에서 자신의 발전을 위해 진흙 속에서 뒤엉키는 모습을 TV 뉴스를 통해 본 적이 있다. 낡고 고루하리라고만 생각했던 노인들 개개인의 의식도 이렇게 꿈틀대고 있는 것이다.

다가오는 (초)고령사회를 대비해 노인들도 가정과 사회에 '멋있는 노인 되기'를 공부해야 한다. 특히 전국에 광역시·도 16개 연합회, 시·군·구의 245개 지회, 읍·면·동의 1997개 분회, 미주 연합회, 베트남 지회, 330개소나 되는 전국 노인대학, 그리고 57,786개의 경로당을 거느린 거대한 항공모함인 대한노인회는 그들의 구심점이 돼 '노인을 위한 사회'를 만들기에 총력을 기울여야 할 때이다.

지금 '노인사회의 거대한 파도'가 몰려오고 있다.

# 국격은 밥상머리에서

요즘 '국격(國格)'이란 말을 많이 듣는다. 대통령부터 기회 있을 때마다 '국격을 높여야 한다'고 한다. 그래서인지 사회 각 분야에서 품격을 높이자는 운동이 벌어지고 있다. 국격을 높이는 데에는 G20 정상회의 같은 국가적인 행사나 삼성·포스코 같은 글로벌 기업들도 일부 역할을 하겠지만, 더 중요한 것은 사회 모든 분야에서 부정부패로부터 자유로워야 하고, 국민들 각자가 공중도덕을 잘 지키고 질서의식을 갖는 것이다.

국격을 높이기 위해 지난해 국가브랜드위원회에서는 5대 과제로, 국제사회에 기여 확대, 문화관광산업 육성, 첨단기술제품 발굴 및 홍보 강화, 다문화 외국인에 대한 인식, 글로벌 시민의식을 발표한 바 있다.

2010년 3월, 국무총리실에서 국격 높이기 프로젝트의 최종목표를 '성숙한 일류국가'로 정했다. 이를 위해 질서가 지켜지는 기본이 된 사회, 나누고 배려하는 따뜻한 사회, 전통과 미래가 어우러진 문화·기술 강국, 투명하고 경쟁력 있는 선진 시스템, 세계와 함께하며 존경받는 나라 등 5대 추진방향을 제시했다. 이 방향에 따라 부문별로 각 부처가 추진할 세부 과제 80개를 선정 발표한 바 있다.

글로벌 시대에 이런 발표들도 모두 의미가 있다. 1950년 6·25전쟁 이후 한국은 다른 나라들의 원조로 눈부시게 도약하여, 60년 만에 오히려 원조해 줄 수 있는 국가로 당당히 변신한 것은 자랑스럽다.

그러나 우리의 현재 모습은 어떠한가? 도와주었던 국가들에 감사해야 함에도 불구하고, 주변국인 중진국이나 후진국에 대한 배려가 적어 배은망덕한 국가로 낙인찍히지 않을까 걱정스럽기까지 하다.

국내 사회를 현미경이 아니고 망원경으로만 언뜻 봐도 국회 폭력 사태, 공무원들 부정부패, 인터넷 막말, TV 드라마에 넘치는 패륜·불륜, 청소년과 젊은이들 생활에 패륜게임의 독버섯이 구석구석 퍼지고 있다. 이래서는 안 된다. 국가의 주춧돌이 썩고 있는데 지붕만 화려하면 무슨 소용이 있는가? 예절을 바로 세우지 않으면 모든 것이 하루아침에 '바벨탑'처럼 무너지고 만다. 이런 것들을 '너 때문이다'라고 하지 말고 우리 모두 책임의식을 가지고 바라봐야 한다. 사람마다 인격이 있듯이 국가마다 품격이 있다. 품격을 챙기려면 국가브랜드위원회나 국무총리실의 5대 과제도 좋지만 지금부터라도 기본 예절부터 다져야 한다. 가정은 국가를 지탱하는 근간이며 방파제이기 때문이다.

그렇다면 이러한 것은 도대체 어디서 다질 수 있는 것일까? 학교에서 배워야 할까? 아니면 성인이 된 뒤 회사나 동호회에서 배워야 할까? 물론 이런 곳에서 배울 기회도 더러 있다. 하지만 사람의 기본적인 마음가짐이나 예절, 도덕, 질서의식은 가정에서 그 틀이 잡히게 마련이다.

우리나라는 예로부터 '밥상머리 교육'이라는 말이 있다. 온 가족이 함께하는 밥상은 단순히 식사를 하는 곳만이 아니라 자녀의 인격을 만드는 교실이었다. 교육학자들도 밥상머리 예절은 "교육적인 효과가 무척 크다"라고 말한다. 예를 들어, 전통 식사예절은 사소한 것 같지만 매우 중요하다. 어른들이 먼저 수저를 든 다음 아이들이 따라 드는 것은 아이들에게 인내심과 자제력을 길러주고, 스스로 스트레스를 조절하는 능력과 사회성까지도 갖추도록 해 준다. 요즘 자기감정과 욕망을 자제하지 못해 주의력결핍 과잉행동장애(ADHD) 증세를 보이거나 공중도덕을 무시하고 공공장소나 음식점 같은 곳에서 이리 뛰고 저리 뛰는 아이들이 많아진 것도 이런 밥상머리 교육이 사라져 가기 때문이다.

밥상머리 교육을 강조하는 것은 서양도 다르지 않다. 저명한 인류학자인 로빈 폭스(Robin Fox)는 "가족식사가 단지 음식을 먹는 행위일 뿐이라면 튜브로 입속에 음식을 밀어 넣으면 된다"라고 말하며, "식사는 자녀들에게 문화를 가르치는 현장"이라고 밥상머리 교육의 중요성을 강조했다.

할아버지, 할머니들과 부모들은 손자·손녀·자녀들을 엄하게 야단치기보다는 귀여워하고, 해 달라는 것은 다 해 주려고 한다. 요즘 아이들은 편리한 호주머니를 여덟 개나 가지고 있다고 한다. 집집마다 자녀가 하나 혹은 둘뿐이니 할아버지, 할머니, 아빠, 엄마, 삼촌,

외삼촌, 이모, 고모까지 아이들을 보물처럼 떠받든다. 부모가 아이를 엄하게 교육시켰던 시절에는 예절이 큰 문제가 되지 않았다. 부모가 못하면 할아버지, 할머니가 나서서 이를 악물고라도 엄하게 가르쳐야 한다. 그것이 보물을 진짜 보물답게 만드는 길이다. 보물도 갈고 닦아야 제대로 빛이 나는 법이다.

요즘 아이들은 젓가락질을 제대로 못 배운 탓인지, 중·고등학교나 심지어 대학교 구내식당에서도 젓가락 대신 포크를 쓰는 학생들이 적잖이 눈에 띈다. 할아버지, 할머니가 아이들에게 친절하고 끈질기게 젓가락질을 가르쳐 주자. 젓가락질은 섬세하고 정교한 손재주의 밑바탕이 된다. 그리고 쓰는 만큼 아이의 머리도 좋아진다.

어떤 사람들은 '밥상머리 교육'이라고 하면 케케묵고 시대에 뒤떨어졌다고 치부할지 모른다. 하지만 서양의 사정은 어떤가? 그들의 식사 예절은, 알고 보면 우리보다 더 까다롭다. 예를 들어 격식 있는 자리에서는 포크와 나이프가 접시에 부딪쳐 달그락거리는 것조차 예의에 어긋난다고 한다. 코스에 따라 자리마다 나이프와 포크가 여러 개 놓여 있고, 음식 나오는 순서에 따라 바깥쪽부터 안쪽으로 사용해야 하고, 스파게티를 먹을 때 후루룩 소리 같은 것은 절대 내서는 안 된다. 고기를 써는 방법이나 포크와 나이프를 접시 위에 올려놓는 방법 등도 쉽게 익숙해질 수 있는 것이 아니다.

이처럼 서양에서도 밥상머리 교육은 철저하다. 유치원 아이라도 식탁에 똑바로 앉아서 식사를 해야 한다. '감사하다'는 말을 배우는 첫 장소가 바로 식탁이라고 입을 모은다. 프랑스에서는 감사의 표시가 의례적인 수준을 넘어선다. 평소에는 음식을 만들어주신 어머니에게, 특별한 경우에는 그 일과 관련된 사람의 이름을 정중히 부르며 감사하다는 말을 하도록 가르친다. 가풍에 어긋나지 않고, 사회에서도 실수하지 않도록 엄격하게 교육을 시킨다. 이처럼 동서양을 막론하고 밥상머리 예절은 기본 중의 기본이다.

내국인이든 외국인이든 밥 한 끼를 같이 먹어 보면, 그 사람의 가정교육 수준을 알 수 있다. 밥상 위에서 우리의 행동거지는 한국인에 대한 이미지와 국격으로 이어진다. 정부 차원에서, 사회 차원에서 밥상머리 교육을 복원하는 캠페인을 생활 주변부터 벌여야 한다. 바쁘고 또 귀여워서 부모가 나설 수 없다면, 늦은 감이 있지만 이제 노인들이 밥상머리 교육의 선생님으로 나서야 한다.

# 3부

# (초)고령사회, 아이디어로 풀자

# 노인문제, 아이디어로 풀어라!

## 한복판에서 스노보드 타면……

2009년 12월, 서울한복판 광화문광장이 한겨울에 꽤나 뜨거운 논란거리가 된 적이 있었다. 바로 '스노보드월드챌린지대회' 개최 때문이었다. 광화문광장에 아파트 13층 높이의 경사로를 세우고 그 위에 인공눈을 깔아 국제적인 스노보드대회를 개최한다는 게 요지다. 이를 두고 '경복궁을 가리고, 세종대왕 동상까지 가리면서 막대한 돈을 들여 이벤트를 할 가치가 무엇인가' 하는 논란이 벌어졌다. 국내는 물론 외국에서도 이와 같은 사례가 없었기에 안전문제도 불거졌다. '전시행정', '정치 쇼', '역사의식이 없다'와 같은 비난도 있었다. 하지만 대회는 훌륭히 치러졌고, 사흘 동안 젊은이와 가족들 그리고 외국인들 수만 명이 서울 한복판에서 벌어진 멋진 쇼를 관람하며 비난과 관계없이 환호했다.

### '안 되는 이유' 찾는 우리 사회

무슨 일이든 찬성도 있고 반대도 있다. 반대 여론에도 귀 기울여야 하는 게 수도 서울을 이끌어가는 시장과 시청 직원들의 책무다. 이 일을 계기로 우리 사회의 모습을 되짚어보자. 아이디어와 튀는 발상에 대해 우리는 '된다'와 '안 된다'라는 이분법적인 잣대로 재는 경향이 있다. 아이디어를 내고 추진할 때는 많은 고민을 하게 마련인데, 이런저런 반대에 막혀 제대로 펼쳐보지도 못하고 움츠러드는 일들이 많은 게 현실이다.

발상이 비교적 개방적이라 할 수 있는 방송국에서조차 새로운 생각들이 윗분들의 이분법적인 사고로 좌절되는 일들을 심심찮게 목격한다. 하물며 서울시 한복판의 스노보드대회야 오죽하겠는가? 말로 비판하는 사람들과 아이디어를 실천하는 사람들의 체감온도는 하늘과 땅이다. 물론 대회에 비판적인 사람들의 의견이 무조건 잘못됐다는 건 아니다.

예를 들어, 법규만을 들이대고 안 된다고 하는 공무원과 법규에는 있지만 뭔가 문제를 푸는 쪽으로 방법을 찾아 민원을 해결해 주는 공무원을 비교하면 누가 더 바람직할까? 법규 적용은 중학교만 졸업하면 누구나 할 수 있는 쉬운 일이다. 그러나 시대 흐름에 따라 법규가 따라갈 수 없는 새로운 상황이 발생한다. 그러니 법규만 적용하는 것보다 이것을 지혜롭게 처리해 주는 것이 상사의 역할이고 진정한 엘리트인 것이다.

세상일에는 장점도 있고 단점도 있는 법이다. 한 번도 해 보지 못했던 발상이라면 예상할 수 없는 여러 가지 문제점도 있게 마련이다.

박정희 대통령이 경부고속도로 건설 청사진을 발표했을 때를 상기해 보자. 정치인과 학계, 일부 언론인들이 고속도로 건설은 시기상조이며 한국 경제가 거덜 날 것이라고 반대했던 것이 지금까지 회자되듯 말이다.

### 상상력과 아이디어 시대

세계는 지금 상상력, 창의력, 아이디어 시대다. 미국 애플사는 참신한 아이디어와 혁신적인 디자인, 통념을 뒤엎는 발상으로 아이팟을 내놓아 단순에 MP3 플레이어 시장을 석권했고, 그 여세를 몰아 아이폰으로 전 세계 휴대폰 시장을 뒤흔들었다. 제임스 캐머런 영화감독은 3차원 영화 〈아바타〉를 만들어 전 세계의 3D 입체영상산업에 불을 지폈다. 이것의 원동력은 상상력을 통한 창의력이었다.

올해 초, 〈아바타〉는 전 세계에서 흥행기록을 세워 2008년 CJ제일제당 1년 매출액(3조4949억 원)을 뛰어넘었으며 봉준호 감독의 〈괴물〉(1301만 명)을 뛰어넘어 지난 3월 초에는 한국 영화사상 최다 관객 기록을 세웠다. 이어 〈아바타〉는 세계적으로도 이미 30억 달러를 벌어들여 제임스 캐머런의 전 작품 〈타이타닉〉의 기록을 넘어섰다. 이런 성과 외에도 노트북, 휴대전화, 3D 안경 등 연관 산업에 미치는 파급효과를 생각하면 〈아바타〉의 경제적 효과는 계산하기 어려울 정도다. 상대성이론으로 우주의 질서를 밝혀낸 아인슈타인도 일찍이 "지식보다 중요한 것이 상상력"이라고 말했다. 이처럼 우리의 정치, 경제, 사회, 문화, 교육 등 모든 분야에서 상상력과 창의력이 없으면 선진국으로 진입하는 길은 험난할 것이다.

그런데 통념을 뒤엎고 새로운 발상을 내놓았을 때, 우리는 그것을 받아들이고 적극적으로 키워줄 준비가 되어 있는가? '모난 돌이 정 맞는다'는 속담처럼 어떻게든 단점을 찾아내는 데 혈안이 돼, 새롭고 튀는 생각은 싹을 틔워 보지도 못하고 사장되는 일이 종종 있다. 앞서간다는 것은 외롭고 힘든 일이다. 우리 사회의 '끌어내리려는' 풍토는 우리에게 고통을 안겨준다. 선구자는 비바람과 눈보라를 맞으며 모든 고난을 헤쳐 나가야 한다. 우리는 지금껏 앞선 사람들로부터 수많은 도움을 받아 왔다.

### 비판보다 대안을

앞서 광화문광장의 스노보드대회를 비판하는 사람들은 '광장의 분위기가 고궁들과 어울리지 않는다, 역사의식이 전혀 없다, 시민들 차량소통에 방해가 된다, 서울시장이 정치 쇼를 한다'는 등의 일차원적인 비판만을 한다. 물론 일리 있는 비판도 있다. 그러나 전문가들이 그저 '안 된다'는 식의 비판에 머무르지 말고, 이태리 산마르코 광장, 멕시코 소깔로 광장, 영국 트라팔가르 광장 등 세계 각국의 사례를 참고해 대한민국만의 차별화된 내용으로 광화문광장을 활용하는 방안을 제시해 줬더라면 얼마나 좋았을까 하는 생각이 든다. 물론 나는 오세훈 시장과 일면식도 없다. 단지 스노보드대회 개최 발상, 그리고 이를 둘러싼 논란이 발전보다는 '끌어내리기'식의 모습만을 보이는 듯해 안타까울 뿐이다.

세계에서 유례없는 도심 한복판의 스노보드대회! 다양성이란 면에서 얼마나 멋진 아이디어인가. 더 중요한 것은 스노보드대회를 현대식 건물과 고궁 건축물 사이 시내 중심부에서 개최한다고, 외신들이 기발한 아이디어라며 "원더풀! 서울"이라고 보도해 서울의 브랜드 가치가 더 높아진 사실이다. 이렇듯 세계인들의 '생각문화'를 이해하고 추진하면 우리는 더욱 발전할 수 있다. 세계화는 말로만 되는 것이 아니다. 의자에 앉아 탁상공론만 하기보다는 대안을 제시해야 한다. 새로운 생각으로 행동에 옮기는 사람만이 발전한다.

우리나라 국민은 세계 곳곳에, 심지어 아프리카 오지까지 구석구석 퍼져나가 생활하고 있다. 세계를 품에 넣고 실천하는 사람들의 성공 가능성이 높은 시대다. 이제는 '어처구니없어 보이는 아이디어'라도 해볼 만한 가치가 있다면 서로 밀고 당겨주는 성숙된 사회를 보고 싶다.

# 젊음을 입혀라

봄가을 개편 때, 신설 프로그램을 기획하다 보면 전체 구성과 예산, 사회자 선정도 중요하지만 제목을 정하기 위해 많은 공을 들인다. 노인들을 위한 자원봉사를 할 때도 마찬가지였다. 나는 방송국 프로그램 제작 방법을 활용해 아이디어 회의를 열곤 했다. 사회복지사들과 자원봉사자들은 기획과 구성, 특히 행사명을 잘 정하는 것이 얼마나 중요한지 알게 되었다고 매우 고마워했다. 앞서 사회복지법인 은초록 이름에서도 언급했지만, 노인들에게 쉽게 다가가면서도 젊은이들도 호응할 수 있는 행사명이 결정되면, 프로젝트의 반 이상이 추진된 것이나 마찬가지인 경우가 허다하다.

**노노, 단어 탄생**

1995년 9월, 지인으로부터 노인 잡지를 발행하겠다며 잡지 제목을 부탁받은 적이 있었다. 노인복지관의 20~30대 직원들과 40~50대

자원봉사팀 12명에게 의견을 구했다. 며칠간 고민 끝에 50여 개의 제목 후보들이 모아졌다. 젊은 인생, 하얀 신사, 찬란한 석양, 은빛인생, 실버라이프, 청춘인생, 실버하이웨이 등 대부분 노인 분위기에서 멀리 나아가지 못했다.

방송국 안에서도 상황은 다르지 않았다. 후배 PD들에게 양로원을 소재로 한 10분 분량의 구성안을 제출하게 한 적이 있었다. 그런데 그 구성안대로 방송을 내보냈다가는 바로 다른 채널로 돌릴 것 같은 내용이 대부분이었다. 선물 들고 양로원을 방문하는 후원자, 무표정하게 선물을 받는 노인들, 김치를 담가주는 자원봉사자들, 방에 앉아 식사하는 할머니들, 지팡이를 옆에 놓고 햇볕을 쬐는 노인들, 목욕시키는 양로원 직원 등 그동안 늘 봐 왔던 의존적이고 칙칙한 모습들이다. 이에 반해 밝은 립스틱을 바르며 외출 준비하는 할머니, 이런 모습을 옆에서 보며 까르르 웃는 노인, 친구들과 만나 즐거워하는 모습, 거울 앞에서 자신의 얼굴주름을 옆 노인과 비교하며 재미있어 하는 표정, 소싯적 실력을 발휘해 공기놀이 하는 모습, 책을 보거나 일기를 쓰는 노인 등 밝은 모습의 소재도 얼마든지 찾을 수 있다. 이렇게 하면 기존 이미지와는 다른 양로원의 밝은 영상을 시청자들에게 전달할 수 있을 것이다.

노인 관련 소재에 접근할 때는 쇼·오락 프로그램보다 몇 배나 많은 고민을 해야 한다. 화려한 무대 위에서 인기가수들이 열창할 때는 세트나 조명이 현란하게 받쳐주고 카메라가 멋있는 영상들을 잡아주기 때문에 쇼·오락 프로그램은 기본적으로 즐거운 눈요깃거리가 된다. 노인 대상 프로그램은 진지한 고민 없이 접근하면 칙칙하고 어두운 영상에서 벗어날 수 없다.

다시 잡지 제목으로 돌아가 보자. 세 시간의 열띤 토론과 투표 끝에 50여 개 가운데 네 개의 제목이 뽑혔다. '실버라이프', '실버하이웨이', '5070', '노노(No老)'를 놓고 다시 갑론을박하였다. 명칭의 아이디어를 낸 사람이 제목에 담긴 의미를 설명케 한 다음 12명 전원이 투표해 5표 이상을 얻은 '5070'과 '노노' 두 개로 압축했다. 두 개의 명칭을 놓고 다시 투표를 진행하니 묘하게도 6 대 6으로 팽팽했다. 두 개의 타이틀이 모두 마음에 들어 어느 것을 버려야 할지 모르는 즐거운 상황이 벌어진 것이다. 잠시 머리를 식히고 격론을 벌인 끝에 최종 투표를 하자 12명 중 8명이 내가 제시한 '노노'를 지지했다. '노노'는 누구나 발음하기도 쉽고 늙지 않는다는 뜻을 가졌다. 후에 방송국과 메이저 신문사에서 '콘서트 7080'과 '노노 시리즈 기획'이라고 사용하는 것을 보면서, 네이밍이 얼마나 중요한지 다시금 깨닫게 한다.

## 노노야구단 창단

창간호를 준비하는 노인 잡지 발행인에게 '노노'라는 단어가 나오기까지의 과정을 설명해 주니 흡족해 한다. 몇 달 후, 〈노노〉 잡지가 출간되고 많은 사람에게 호평을 받아 〈노노〉 제목이 회자되었다. 여기서 끝난 것이 아니다. 아이디어는 아이디어를 부른다. 얼마 후 '노노야구단'이 창단하게 된 것이다.

'〈노노〉 잡지에 노인들을 상대로 소싯적 야구 했던 분들을 모집한다는 광고를 하자. 유명 야구선수인 윤동균 씨와 최동원 씨를 섭외해

각각 청팀과 백팀의 감독을 맡아 달라고 부탁하자'. 처음에는 야구단 창단에 대해 뜨악해하던 잡지 발행인이 내 아이디어를 듣더니 쾌재를 불렀다. 방송에 출연 중이었던 윤동균 씨와 최동원 씨를 직접 만나 효운동과 노인복지 차원으로 기획안을 이야기하니 두 사람도 재미있는 생각이라며 기꺼이 감독직을 수락했다.

드디어 잡지를 통해 '노노야구단' 선수를 모집했다. 전국 각지에서 꽤 많은 노인들이 지원을 해 왔다. 윤 감독과 최 감독의 지휘 아래 일주일에 두 번씩 몇 개월에 걸쳐 연습한 끝에 우리나라에서 처음으로 노인들의 야구 시합이 벌어졌다. 1996년 봄, 서울 변두리의 한 운동장을 빌려 노노야구단이 청팀, 백팀으로 나눠 시합을 하게 된 것이다. 노인들이 유니폼을 멋지게 차려 입고 운동장을 이리 뛰고 저리 뛰며 경기하는 모습이 언론을 통해 전국으로 보도되었다. 그뿐만 아니다. 아들, 며느리, 손자손녀 할 것 없이 온 가족이 어우러져 응원하는 모습은 우리 사회에 신선한 자극을 안겨주었다. '노인과 함께하는 새로운 가족문화'의 창출이 된 것이다.

만약 이것이 '한·중·일 노노야구대회'를 시작으로 '아시아노노야구대회'로 발전하고, 대한민국에 '세계노노야구조직위원회'를 만들어 '세계노노야구대회'를 개최하게 된다면 어떨까? 상상만으로도 벅차다. 소위 '노노판 월드베이스볼클래식'인 이 계획은, (초)고령사회에 대한민국뿐만 아니라 선진국에도 가족과 함께하는 노인복지 차원의 이벤트로서 높이 평가받을 수 있을 것이다. 노인사회에 '소속감'을 안겨주는 이러한 이벤트는 지속적으로 개발되어야 할 것이다.

경기가 성공적으로 개최된 뒤에 '노노야구단'에 관심을 갖는 인사들이 나타났다. 그런데 노인복지에 대한 순수함보다는 야구단을 이용해 한자리를 차지해 보려는 것이 아닌가 하는 의구심이 들었다. 노노야구단도 노인악단이나 '토종의 맛 장터'처럼 오래가지는 못할 것 같다는 생각이 스쳤다.

몇 년 전 시카고대학의 게리 베커(Gary Becker) 교수는, "가정문화가 잘 되어 있는 한국이 이미 가정이 파괴된 유럽이나 선진국을 따라 그들의 사회복지제도를 모방하려 하는 것은 잘못된 것"이라고 말해 한국 사회에 경각심을 불러일으킨 바 있다. 이는 우리가 가지고 있는 선진국 제도에 대한 무조건적인 환상에 대한 지적이다. 또한 일본의 〈일간현대〉와 〈골프다이제스트〉 기자를 겸하고 있는 다치카와 마사키(太刀川正樹) 씨의 지적도 눈여겨볼 만하다. 그는 2009년에 쓴 한 칼럼에서 박세리와 김미현, 신지애, 최나연에 이르기까지 한국 여자 골퍼들이 미국여자프로골프(LPGA) 투어를 휩쓴 것은 한국의 '효도 정신'이 있기에 가능했다고 이야기한 바 있다.

이렇듯 경제, 문화, 체육활동 등 넓은 의미의 노인복지를 가정문화인 효를 바탕으로 한다면 우리만의 특별한 사회복지제도가 만들어질 것이다. 노인들이 주체가 되는 곳에 '역동성'과 '젊음'을 입히면 노인들에게는 '자긍심'이, 가족에게는 '화목'이, 젊은이들에게는 '참여'라는 단어가 기다릴 것이다.

# 과거를 먹고사는 노인,
# 미래를 먹고사는 노인

20대 후반 청년기에 방송국 PD로 근무했을 때부터 나는 어머니와 셋째형님으로 인해 노인복지에 관심을 가져 왔다. 그 당시 나는 늙지도 않았고 더군다나 '정년퇴직'이란 말은 나와는 상관없는 나이였다. 한 해가 가면 누구나 한 살을 먹는 것이 만고불변의 진리이건만, 노인들과 함께 프로그램을 만들거나 자원봉사를 할 때는 내가 노인이 된다는 건 상상도 못했다. 화살과 같이 빠른 것이 세월이라더니 어느덧 '정년퇴직'이라는 네 글자도 저만치 내 앞을 지나갔다.

### 노인 문턱, 나에겐 기회

역발상, 뒤집어보면 노인 문턱에 들어선 지금이, 젊은 세대와 노인 세대 모두를 이해하고 가교 역할을 하기에 좋은 때가 아닌가 싶다. 30~40대에는 젊은 세대 눈높이로 노인을 보고 일을 해 왔다면 이제는 노인의 입장에서 노인을 바라보고, 대변하며, 일할 수 있을 것이다. 노인복지 관련 일을 하면서 젊은 세대는 물론 노인 세대의 사고방식, 그리고 노인단체들이 가진 문제점에 대해 아쉬움을 느꼈다. 그리고 젊은 사람이 '감히' 노인문제에 대해 왈가왈부하기에는 껄끄러운 점도 없지 않았다. 하지만 이제 나도 노인 세대이니 노인들에게 잘못된 것은 잘못됐다고 주장할 수 있을 것 같다. 그리고 '어린이도 선생님'이란 말이 있듯이 열 살 된 어린이에게도 배울 것은 배워야 한다.

노인복지 관련 일을 시작했던 30대 청년 시절, 나름대로 많은 노력도 하고 성과도 있었지만 오해도 받고, 그리고 눈물을 흘리기도 했다. 하지만 돌이켜보면 과연 내가 노인복지에 대해 제대로 이해하고 있었는지 의문이 든다. 세월이 흘러 노인의 생각과 삶을 이해할수록 노인복지의 출발점이 머리에서부터 점점 가슴으로 내려오는 것을 느꼈다. 머리에서 가슴까지의 거리래야 얼마나 되겠는가? 사람마다 차이가 있겠지만 아마 30cm 남짓일 것이다. 하지만 머리에서 가슴으로 30cm를 내려온 세월은 30년 이상 걸린 것이다.

30여 년의 방송 제작과정에서 만난 노인들은 대체로 두 부류로 나뉜다. 하나는 '과거를 먹고사는 노인들'이고 다른 하나는 소수였지만 '꿈과 미래를 먹고사는 노인들'이었다. 청소년들과 젊은이들에는 꿈과 미래라는 단어가 어울리지만 노인들에게는 왠지 부자연스럽게 들릴 수도 있다. 하지만 얼굴에 생기가 넘치고 활발한 노인들의 공통점은 크든 작든 꿈과 미래를 품고 있다는 것이다. 반면 과거에만 집착하는 노인들의 얼굴에는 생기가 없다. "옛날에는 잘 나갔는데 지금은 사람들이 알아주지 않는다"며 가족과 주위를 탓하는 불만으로 가득 차 있다.

**나이를 넘는 '젊은이'**

일은 안 하고 빈둥대거나 누군가에게 받기만을 요구하고 의지하려 하면, 연령에 관계없이 나는 '노인'이라고 칭하고 싶다. 반대로 가정이나 사회에 조금이라도 의미 있는 역할을 한다면 나이가 많아도 '젊은이'라고 할 수 있다.

노인이 꿈과 미래를 갖기 위해서는 어떻게 해야 할까? 젊은이들이 모이는 곳에 어물쩍 끼여 그들의 이야기를 듣다 보면 시대 흐름을 알 수 있다. 신문과 인터넷을 통해 국내외의 여러 사건사고와 변화들을 감지해 내는 노력도 게을리하지 않는다. 하루도 쉬지 않고 감각정보레이다망을 펼쳐 놓다 보니 아이디어가 샘솟고 할 일이 넘쳐난다. 꼭 돈이 있어야 아이디어가 생기는 게 아니다. 이러한 생활이 내게는 미래와 꿈을 만드는 생산 공장과 같다.

돌아가신 어머니는 나를 부러워하셨다. 베개에 머리만 닿으면 누가 업어 가도 모를 정도로 깊이 잠들었기 때문이다. 그런데 이제 나도 나이가 들었나 보다. 언제부터인가 이리저리 뒤척이며 잠을 들기 위해 애를 쓴다. 어제 들은 이야기가 오늘은 가물가물하다. 호주머니에서는 약봉지가 비죽이 고개를 내민다. 세월 앞에는 장사가 없나 보다.

우리는 여생을 어떻게 살아야 할까? 죽는 그날까지 꿈과 미래의 끈을 놓치지 않아야 한다. 꿈과 미래는 그리 어렵거나 거창한 것이 아니다. '작은 목표'를 세워 실천하면 이것이 바로 꿈이요 미래이다. 지금부터라도 노인들은 작은 목표를 만들어 스스로에게 생기를 주는 연습을 시작하는 것이 어떨까?

# 노인이 대접받는 열한 가지 방법

몇 년 동안 노인 프로그램을 제작하고, 수십 년 동안 노인복지 관련 일을 한다고 자원봉사도 하고, 또 어머니가 돌아가실 때까지 40여 년 동안 모시고 살며 노인에 대해 나름대로 많이 배웠다. 청년기에는 노인의 마음이나 행동이 이해되지 않는 점도 많았지만, 어머니를 모시고 살면서 이해의 간격을 좁힐 수 있었다. 세월이 지나 경험이 쌓일수록 노인들은 어떤 생각을 갖고 있으며 어떻게 해야 젊은이들이 그나마 좋아하는지 조금은 알게 되었는데, 그것을 열한 가지로 정리해 보았다. 그 중 한두 가지만이라도 실천해 본다면 여생이 좀 더 풍요로워지지 않을까 싶다.

**첫 번째, 노인들도 섹시해야 한다**

섹시? 처음부터 노인들도 '섹시'해야 한다고 하니 망측한 소리라고 할지 모른다. 정년퇴직 축하모임에서 젊은이들의 대화 속에서 직접 들은 재미있는 이야기를 해 볼까 한다. 옆 테이블의 젊은이들은 대화 중에 큰 목소리로 "참 섹시하다!"란 표현을 사용해 관심을 끌었다. 아무리 둘러봐도 무리 중에 섹시한 여성은 없었다. 우리 일행은 그러한 단어가 다소 불편하기는 했지만 귀동냥을 해 보니 그들의 섹시하다는 표현이 여성을 지칭하는 것이 아니며, 또 외모가 아니라 좋은 생각, 본받을 행동, 기발한 아이디어에 적용된 말임을 알게 되었다. 처음에는 섹시하다는 표현을 그렇게 사용하는 것이 어색했지만 들을수록 재미있게 느껴졌다. 그러면 젊은이들 식으로 섹시한 얘기를 해 보자.

노인들이 동네에 버려진 폐품을 모아 팔아 그 돈으로 아이티나 칠레 지진 그리고 천안함 사태와 같은 큰 참사에 성금을 냈다 하면 '섹시한' 것이다. 아파트에 살며 새벽잠 없는 노인들이나 혹은 경로당 회원끼리 모여 아파트 단지 주민들의 자동차를 가볍게 세차해 주면 이 역시 '섹시한' 일이 아니겠는가. 노인들이 주위에 사는 주민들에게 사소한 일이라도 먼저 베풀어 보자. 아파트 단지 주민을 위해 세차를 해 주면 금방 소문이 돌아 자동차 주인들이 찾아와 고마워할 것이다. 더불어 노인들이 자동차 세차를 하면 팔과 어깨 운동도 되고, 용돈도 벌 수 있는 아르바이트 기회가 주어질 수도 있을 것이다.

대중교통을 이용할 때에도 마찬가지다. 노인들이 가까운 곳에 갈 때는 젊은이에게 "공부하느라 피곤하니 앉아서 가지" 하고 한번쯤 좌석을 양보해 보자. 이것은 대단한 사건(?)일 것이다. 이왕 '섹시한' 이야기를 했으니 좀 더 해 보자.

노인들은 나이가 들수록 몸에서 냄새가 난다고 한다. 그래서 젊은 사람들이 노인들을 피하는 이유 중 하나가 냄새 때문이란다. 외출 때 본인 것이 없으면 자녀들 향수를 살짝 뿌리자. 손자가 입다 해어진 청바지도 입어 보자. 안 맞으면 고쳐서라도 입어 보자. 여성 노인들은 손녀들이 안 입는 치마를 고쳐 미니스커트를 만들어 보자. 그리고 거울 앞에서 마릴린 먼로처럼 섹시하게 대화를 해 보자. 특히 여성 노인들은 며느리나 손녀가 사용하는 빨간 립스틱을 바르고 가족들과 함께 대화해 보자. 망측한 이야기라고? 한번쯤 시도해 보라. 젊음은 절대로 그냥 누가 만들어 주지 않는다.

청바지나 미니스커트를 입고 몇 분간이라도 젊은 시절로 돌아가 보면 마음과 몸이 20년은 젊어질 것이다. 젊은 옷을 입게 되면 자연스럽게 자신을 가꾸고 관리해야겠다는 생각이 든다. 가족들한테 이런 얘기를 하면 주책이라고 할 수도 있겠지만, 우리 아버지, 어머니는 멋쟁이라며 재미있는 대화를 주고받는 가족들이 더 많아질 것이다. 젊은 시절의 생활을 시도해 본다면 가족, 친구들과의 대화가 풍족해질 것이다. 이제 노인들 나름의 섹시함을 찾아보자.

### 두 번째, 재능이나 경험을 살려라

1980년대 초, 〈특집 장수만세 폐품이용 노인솜씨대회〉를 개최하며 처음 절감하게 된 사실이다. '노인들의 솜씨가 저 정도였나!' 싶을 정도로 섬세한 손재주와 미적 감각을 지닌 노인들이 많았다. '솜씨' 하면 우리 '젓가락 문화'가 인용되듯이 한국인들은 옛날부터 섬세한 손재주를 자랑해 왔고, 젊은이들도 세계기능올림픽을 매년 석권할 정도로 우리의 손재주는 세계적이다. 그렇지만 요즘 젊은이들은 젓가락질도 잘 못하고, 손으로 이것저것 만들지 못하는 것은 인터넷을 많이 사용해 손재주가 떨어진 탓이란다.

이제 솜씨 있는 노인들이 나서서 이웃 젊은이들이 좋아할 만한 핸드폰 고리, 연이나 팽이 같은 놀이기구 등 멋진 공예품을 만들어주며 잔소리가 아닌 대화를 해 보자. 노인들의 경험이나 재능은 젊은이들의 것과는 차원이 다르다. 나이가 들고 기력이 쇠하니 경험이나 재능도 사그라졌으리라고 스스로 생각지 말라. 피카소도 93세에 타계하기 직전까지 작품 활동을 하지 않았던가.

### 세 번째, 열정을 갖자

노인들에게 일을 맡기면 젊은이에 비해 속도는 더딘 것이 사실이다. 하지만 사회와 가정에서 필요한 소속감과 책임감을 주면 노인들의 행동은 달라진다.

어느 날 아침, 어머니께서 산에서 약수를 떠오셨기에 마시고 출근한 적이 있었다. 문 앞에서 "어머니가 떠다 주신 약수가 이 세상에서 제일 맛있다!" 하며 어머니를 안아 드렸다. 그랬더니 눈이 오나 비가 오나 이른 새벽에 왕복 두 시간 되는 약수터까지 매일 오가며 물을 떠 오셨다. 생수값으로 매주 얼마씩 용돈 외에 추가로 돈을 드렸더니 어머니는 더 좋아하신다. 돌아가시기 전까지 이런 생활을 15여 년 이상을 하셨는데, 동네에서 '산처녀'라는 별명을 얻을 정도로 열정적이셨다. 막내아들에게 필요한 존재라는 '소속감'을 심어 드렸던 덕분이었다.

비록 속도는 느리지만 소속감과 책임감을 부여하면, 노인들은 젊은이들이 무색할 정도의 열정과 끈기로 노력하는 모습을 보인다. 꿈과 희망은 젊은이들만의 전유물이 아니다. 동기 부여를 명확하게 해드리면 책임감과 열정을 갖고 주어진 일을 완수하는 이들이 바로 노인이다. 노인들은 지나온 인생이 한 점에 불과한 것을 알기에 여생을 점에서 선으로 만들려고 열정을 불태운다.

**네 번째, 노인은 말수를 줄이자!**

노인들은 오랜 세월 살다보니 인생경험이 많아 절로 말이 많아진다. 말이 많아지니 가족들과 젊은이들은 잔소리한다고 싫어한다. 배운 노인이나 못 배운 노인이나 경험을 통해 아는 것이 다양하니 가르치려 한다. 아마도 그런 행동은 당신이 아직 살아 있다는 것을 확인하기 위한 자연스러운 현상일지도 모른다. 오랜 세월 동안 켜켜이 쌓아온 체험교과서를 한 페이지씩 들출 때마다 얼마나 많은 이야기들이 쏟아져 나오겠는가. 반면에 가족이나 젊은이들은 노인들이 말을 하면 시대에 뒤떨어진 낡은 이야기인 양 거리감을 두려 한다.

노인들은 아랫사람들과 함께할 때 잔소리라는 느낌이 들지 않도록 하고 말수를 줄이자. 노인들은 경험이나 지식으로 이야기를 하기 시작하면 말이 많아진다. 지식보다는 '지혜'로 말을 하면 의미가 함축되어 말수가 적어지고 젊은이들은 감동을 느낀다. 젊은이를 가르치려들기보다는 우선 젊은이의 이야기를 많이 듣고 배운다는 마음을 갖자. 듣는 것도 대화이다. 젊은이들과 함께할 때, "입은 닫을수록 좋고, 지갑은 열수록 좋다"는 사실을 되새기자.

### 다섯 번째, 노인은 인생박물관이다

나이가 들고 인생경험이 많아지면 저마다 책이 몇 권씩 되는 이야기들을 가슴에 품고 산다. 특히 노인들은 스토리텔링의 창고다. 독자들도 스스로 지나온 세월을 반추해 보면 크고 작은 이야기들이 많이 담겨 있을 것이다.

공무원으로 퇴직했건, 군인으로 전역했건, 심지어 노숙자 생활을 했건, 세월이 흐르면 누구나 훌륭한 다큐멘터리 드라마의 주인공이 될 수 있다. 나이 든 독자들은 자신의 인생에 관심을 갖고 크든 작든 지나온 기억과 사소한 생활들을 메모해 보자. 좋은 소재가 많이 나올 것이다. 요즘은 상품광고에도 스토리가 있어야 한다 해서 상품마다 스토리를 개발하는 데 노력하고 있다. 하물며 노인들의 인생 속에 깃든 스토리는 무궁무진할 것이다.

예를 들어보자. 우리 전통가옥의 지붕을 젊은이들에게 보여줘 봐야 관심을 갖지 않는다. 오히려 지붕 처마에 담긴 생활문화를 알려주면 귀를 기울일 것이다. 소싯적 시골에서 본 빨랫줄은 곧게 뻗은 일직선이 아니라 늘어진 모습이었다. 늘어진 줄이 오래가는 법이다. 처마를 곡선으로 만든 이유를 생활 속에서 끌어낸다면, 이것이 스토리텔링이다.

이제부터 직접 몇 페이지 또는 몇 십 페이지를 써서 자신만의 인생박물관을 만들어보자. 서툴고 어설프고 투박해도 좋다. 그 자체가 본인은 물론 후손들에게 유일한 기념물이 되기 때문이다.

## 여섯 번째, 외로움을 즐겨라

정년퇴직을 한 선배들에게 퇴직 후의 계획을 물어보면 고향 가서 살겠다, 여행 다니겠다, 운동하며 살겠다, 일은 지겨우니 쉬겠다는 등 반응이 다양하다. 돈 없는 사람들은 힘들어도 일을 찾아 용돈을 벌어 쓰겠다고 한다. 모두 옳은 이야기들이다. 돈 많은 사람들은 여생을 걱정 안 해도 되지만 돈 없는 사람들은 노후를 어떻게 보낼 것인가가 문제다.

그런데 돈이 있든 없든 노인이 되면 모두 외로움을 느끼게 된다. 돈 없으면 모임에 나가도 위축되고, 자신도 없어지고, 가족들은 멀어지고, 친구들도 하나둘씩 떠나간다. 아무리 돈이 많아도 하나둘 세상을 등지는 친구나 배우자를 잡아둘 수는 없는 노릇이다. 그러다 보면 노인들은 점점 외로워진다. 가족과 친구를 원망하고 우울증에 젖어 세상을 비관하게 된다. 그렇다고 누가 알아줄 것인가. 나의 존재는 전 세계 인구 65억 가운데 하나에 불과한 먼지와 같은 것이다. 툴툴 털고 일어나 종교에 의지도 해 보고 그것도 잘 안 되면 외로움을 즐기는 방법을 스스로 연구해 터득하거나, 작은 아이디어라도 찾아 실천하면 여생을 후회 없이 보낼 수 있을 것이다.

작은 아이디어란 무엇일까? 노인들은 아이디어라고 하면 어렵게 생각한다. 하지만 아이디어에 접근하는 방법은 관점이나 생각을 달리해 보면 쉽다. 예를 들어 얼룩말을 볼 때 검정 바탕에 흰색으로 볼 것인가, 아니면 흰 바탕에 검정색으로 볼 것인가와 같은 것이다. 얼굴이 흰 외국인들은 흰 바탕에 검정색으로 볼 것이고 검정색 얼굴을 가진 외국인들은 검정 바탕에 흰색으로 보는 자기중심적 사고를 가질 것이다. 또한 일상생활에서 모두가 하루의 시작은 아침부터 저녁까지라고 생각하며 생활하는데 한번쯤은 저녁에서 아침까지라고 뒤집어 생각해 보자.

새로운 자동차가 출시되면, 멋있게 장식한 실내에서 날씬한 여성이 신차 옆에서 섹시한 포즈를 취하는 이벤트가 일반적이다. 생각을 뒤집어 히말라야 산, 바닷속, 남극에서 신차 발표회를 연다면 소비자들의 반응은 어떨까?

사람마다 조금 다른 관점과 생각에서 아이디어는 나오는 것이다. '1+2=3'이라고 오직 답이 하나인 수직적인 사고로는 결코 아이디어는 나오지 않는다. '1+2=10' 혹은 '20'이 될 수 있다는 사고에서 아이디어는 나오는 것이다. 노인들은 경험만으로 무슨 일이든 하려 한다. (초)고령사회에 정부건 기업이건 단체건 노인에 대해 관심이 늘고 있지만 대부분 돈과 제도만 갖춰지면 해결된다고 생각한다. 물론 틀린 말은 아니다. 하지만 그것만으로는 해결되지 않는 것이 무척 많다. 그런 것은 누가 채워줄 수도 없고 스스로 해결해야 하는 부분이 많다.

지금은 정보사회라 인터넷을 모르면 노인들도 세상을 살아가기 힘들다. 인터넷을 모르면 TV나 신문 혹은 책을 보며 생활하는 것도 외로움에서 벗어나는 방법일 듯하다. 시력이 좋지 않은 노인들은 영양가 없는 소리라고 할 수 있다. 그저 편하게 살다 죽으면 된다는 생각을 하기 쉽다. 죽음은 누구를 막론하고 가까이 있다. 여생을 조금이라도 보람 있게 살려면, 외로움을 채울 수 있는 아이디어를 만들어 보자. 그만큼 생기 있고 살맛날 것이다. 만약 아이디어가 없다면 내가 사는 마을이나 동네, 아니면 동물이나 식물을 좋아해 보자. 이 세상 아무것이나 하나쯤 좋아해 보자. 그러면 할 일이 많아진다. 모든 것이 귀찮고 낡은 사고만 고집하겠다면 죽는 것 말고는 답이 없다.

### 일곱 번째, 노인은 벼슬이 아니다

방송국에서 34년을 PD로 근무하며 항상 '갑'의 위치에서 생활했지만 정년퇴직을 하고부터는 '을'도 아닌 '병'의 위치로 내 자신을 낮출 대로 낮춰 생활을 했다. 지인들은 나보고 위치를 낮추는 것이 힘들 거라 했지만 그것도 마음먹기에 달린 듯하다. 위치를 낮게 하고 사회생활을 하니 인간관계가 편할 수가 없다. 요즘 사회에서 노인은 벼슬도 아니고 직함도 아니다. 노인은 '호적상 나이'에 불과하다. 노인들은 젊은이 앞에서는 '갑'의 위치에서 을도, 병도 아닌 낮은 '정(丁)'의 위치로 내려가 행동해야만 그나마 대접을 받을 수 있다.

젊은이들에게 훈계조로 이야기하는 노인들이 있다. 젊은이들은 이런 노인들을 멀리한다. 시대 변화가 빠르다 보니 어제의 생각이 오늘에는 맞지 않는 경우가 허다하다. 낡고 휘어진 잣대로 젊은이들을 재고 훈계하니 당연히 반길 리가 없다. 젊은이들을 대접하고 인정하는 것이 노인 스스로 대우받는 지름길이다. "세상 참 많이 변했다"고 혀를 찰 노인들도 있겠지만, 세상이 바뀌고 사고가 변한 것을 어찌하겠는가.

몇 해 전, 20대인 아들 생일날의 일이다.

"네 친구들 저녁 사줄 테니 데리고 나와."

"아빠! 요즘 애들은 어른들하고 밥 먹는 것 싫어해요. 저녁값 주시면 우리끼리 사먹을게요."

'아차!' 싶었다. 어떤 사람들은 아들이 이렇게 말하면 "이런, 건방진……" 하고 화를 낼지 모른다. 하지만 이게 젊은이들의 정서다. 우리 때는 안 그랬을까? 십대 사춘기가 되면 아버지와 목욕탕을 같이 가는 것도 꺼린다. 휴가철이 되면, "여행은 아빠, 엄마나 가세요! 저는 친구들하고 지낼게요" 하는 말을 들었던 경험이 있을 것이다. 사춘기가 되고 머리가 커지면 바깥에서 친구들하고 지내고 싶어했던 사고는 우리 세대도 별반 다를 바 없었을 것이다.

요즘 20대 여성들은 남편감을 고를 때 남편 될 사람이 돈을 좀 못 벌어도 상관없다고 한다. 또한 돈은 내가 벌면 되니 다만 내 말을 잘 듣고, 순종하고, 편안하게 해 주는 남편감을 원한다고 한다.

노인세대들이 당신의 청년기에 받았던 가정교육과 그동안 생활해 온 사고방식을 떠올리면, 요즘 20대 여성들의 사고를 이해할 수 있겠는가. '우리 세대는 옳고, 젊은 세대는 버릇없다'는 식의 사고에서 벗어나 변화를 인정하고 젊은이들의 생각을 이해할 줄 알아야 한다.

그렇지만 젊은이들에게도 하고 싶은 이야기가 있다. 젊은이들이 노인을 대할 때 '예의'를 갖추는 것만큼은 반드시 잊지 말라고.

노인들은 젊은이들 생각을 이해하고, 젊은이들은 노인에게 예의를 갖춘다면 세대 갈등은 더 이상 우리 사회의 걸림돌이 되지 않을 것이다.

### 여덟 번째, 표정이 밝아야 한다

40대가 되면 얼굴 표정에 살아온 인생이 쓰여 있다고 한다. 노인들은 말해 무엇하겠는가? 독자 스스로 그림 표정을 보고 판단하기 바란다.

● 여고 3학년 가수 디아(DIA) 제공

### 아홉 번째, 꿈과 미래로 살아라

노인들이나 중·장년끼리 대화를 하거나 들어보면 과거에 좋은 자리에서 생활했던 이야기나 무용담들을 종종 듣는다. "내가 월남 스키부대에서 말이지……"란 우스갯소리가 있듯이 나이든 사람들 얘기를 듣다 보면 과거에 '나 이런 사람이었소'가 대부분이다. 꿈과 미래를 갖고 이야기하는 경우는 거의 없다. "앞으로 뭘 할 거냐?"고 물으면, 늘그막에 고향에 돌아가 농사를 짓거나 칩거하며 생활하겠다고 한다. 농사나 칩거가 어디 쉬운 일인가. 여유 있는 사람들은 여행 다니거나 작은 별장이라도 만들어 생활하겠다고 한다. 아니면 마음 맞는 친구끼리 운동하러 다니거나 부동산 보러 다닌다고 한다.

하지만 돈 없는 사람이라도 꿈을 갖고 있으면, 지금은 노숙자도 좋은 배우자를 만나 결혼도 하고, 노인들도 아이디어가 있으면 창업도 할 수 있게끔 정부에서 지원해 주는 세상이다. 꿈과 미래를 갖고 여생을 설계하면 건강도 챙길 수 있고, 가족과 친지들도 환영할 것이며 국가 발전에도 도움이 된다. 과거를 먹고 사느냐, 아니면 미래를 먹고 사느냐가 여생을 좌우하는 핵심 잣대인 것이다.

### 열 번째, 노인에게 젊음을 입히자

'노인' 하면 고독, 무기력, 낡음, 경로당……, 왠지 칙칙한 분위기가 떠오른다. 몇 년 전부터 언론과 기업에서 너도나도 일본에서 사용하는 '실버'라는 단어를 사용해 실버의류, 실버폰, 실버보험 등으로 이제는 '실버'가 노인의 대명사가 되었다. 그런데 이 '실버'라는 말은 미국과 영국 등 영어권에서는 쓰지 않는 단어이다.

국내의 모 대기업에서 노인용 핸드폰을 개발해 '실버폰'이라는 상품명으로 시중에 유통시켰지만 성공을 거두지 못했다. 이미 '실버'가 우리 사회에서는 '늙음'으로 받아들여진 것이다. 하지만 다른 대기업에서는 비슷한 기능의 휴대폰을 '와인폰'이라는 명칭으로 출시, 광고 문구에서도 노인용 핸드폰이란 분위기를 전혀 찾아볼 수 없도록 만들었다. 이것은 노인들이 무엇을 요구하는지 정확히 인식하고 고민한 결과이다.

정부의 '노인요양보험', 기업의 효 사탕, 효 침대 등의 상품명 등은 아직도 노인들의 요구를 제대로 파악하지 못한 것 같다. 고령사회에서 정부나 기업들은 노인정책이나 노인 관련 상품명을 정할 때 젊은이들을 상대로 마케팅 하는 것과 마찬가지로 젊음과 신선함을 입히는 것이 중요하다. 앞으로는 노인 관련 정책, 상품 개발, 이벤트 등도 젊고 신선한 분위기로 추진해야 성공할 수 있다. 아울러 노인들도 행동이나 생각 그리고 차림에 있어서 젊음을 입도록 노력하자.

나 역시 노인과 가족이 함께 사용하는 IT 상품을 개발할 아이디어를 갖고 있다. 효문화에 젊음을 접목하여 국가 브랜드가 될 상품을 계획 중이다. 지난 연초 일본 도쿄의 실버박람회에 참관해 내가 구상하고 있는 아이디어가 나왔는지 점검했지만 다행히 없었다. 내가 계획 중인 IT 상품은 30여 년간 노인들과 대화하고 생활경험에서 얻은 쉬·크·재·단이라는 슬로건 아래 추진하려 한다. '쉬크재단'은 쉬(쉽고), 크(크고), 재(재미), 단(단순)이라는 뜻으로, 노인과 그 가족들이 사용하면 편리한 도구다.

지난 연초, 나의 IT 상품 구상을 보건복지부, 지식경제부, 행정안전부의 과장급, 국장급들을 만나 자문해 보니 획기적인 상품과 시스템이라고 환영하며, 정부 지원보다는 투자자를 구하는 편이 좋을 것이라고 정성스레 조언해 주었다. 상품이 출시된다면 국가예산으로 구입해 노인과 가족들에게 지원해 주겠다고 한다.

IT 상품을 비롯해 여러 가지 아이디어가 있지만 이 책에서 밝히기 어려운 점을 독자들께서 이해해 주셨으면 한다. 다만 앞으로 추진할

20여 개 아이디어 가운데 두 가지를 이 책을 통해 소개한다. 첫 번째는 '준데이'고, 두 번째는 위에서 언급했듯이 노인들과 가족들이 사용하면 획기적이고 편리한 IT 상품이다.

### 열한 번째, 젊은이에게 배우자

2002 한·일 월드컵 당시 대한민국 젊은이들의 거리응원으로 일본만 제외하고 전 세계 많은 나라가 대한민국이 단독으로 월드컵을 개최하는 줄 알았다고 한다. 2002 한·일 월드컵을 중계하는 각 국가에서는, 태극 문양이 들어간 의상과 소품, 깃발을 들고 수백만 대한민국 젊은이들이 친구와 가족들과 어울려 거리로 쏟아져 나온 것을 지켜보았다. 광화문과 시청광장, 잠실야구장, 그리고 전국 곳곳에서, 나아가 한국도 좁다고 뉴욕과 LA, 토론토, 도쿄, 파리, 런던 등 세계 각지에서 대한민국 국민들의 응원 열기는 뜨거웠다. 이 소식이 외신을 타고 전해지자, 세계 각국은 대한민국의 '응원문화'를 본받자고 했다. 반면, 공동개최국인 일본은 축구경기 중계 외에는 새로울 것도, 열정도 없이 잠잠했다. 거리응원문화는 건국 이래 처음으로 우리 젊은이들이 세계에 창출한 자랑스러운 한국문화였다.

2010년 밴쿠버 동계올림픽을 보자. 88서울올림픽을 개최한 지 20여 년이 지난 지금, 우리 젊은이들이 밴쿠버 동계올림픽에서 세계 한복판에 설 줄 누가 알았는가. 감히 넘보지 못할 벽으로 여겼던 스피드 스케이팅 남녀 500미터와 남자 1만 미터에서 꿈같은 금메달을 따더니 대회 하이라이트인 여자 피겨스케이팅에서 김연아가 한국인 최초로, 그것도 경이로운 점수로 세계 신기록을 갈아치우며 금메달리

스트로 탄생해 온 세계를 놀라게 했다. 모태범, 이정수, 이상화, 이승훈, 성시백, 이호석, 이은별, 박승희, 곽윤기, 김성일, 그리고 김연아에 이르기까지 대한민국은 금메달 6, 은메달 6, 동메달 2개를 따 종합 5위 성적으로(중국은 7위, 일본은 20위) 세계 동계스포츠에 지진을 일으켰다. 특히 김연아는 서양화가가 되어 빙상경기장을 도화지 삼아 온몸으로 인물화도 그리고 수채화, 정물화, 판화, 풍경화, 그리고 3D 입체영상을 스스로 만들어 세계인들이 환호성을 지르게 만들었다. 오죽하면 "피겨여왕 김연아 폐하 만세!"라고 외국 언론들이 극찬했겠는가.

풍요롭게 자란 젊은 세대는 보릿고개를 넘긴 노인세대와 의식이 많이 다르다. 노인세대는 규격화된 학교교육과 엄한 가정에서 자랐지만 우리 젊은이들은 즐기면서 생활한다. 초등학교, 중학교 교훈을 보더라도 노인세대는 "착한 어린이가 되자", "정직한 학생이 되자" 같은 좁은 교육을 받았지만, 지금의 젊은이들은 어떤가. "세계로 뻗어 나가자", "세계를 네 가슴에" 등 드넓은 글로벌 정신을 갖도록 교육받고 부족함이 없이 자랐다.

비교할 점은 또 있다. 국제경기에서 우승하면 그들이 언론에 표현하는 것도 다르다. 노인세대 운동선수들은 좋은 성적을 거두었을 때 소감을 물으면 하나같이 "대통령 각하께 감사하다"라고 규격화되고 무겁게 표현하지만, 젊은 세대들은 "부모와 여행가고 싶다", "나를 알아보는지 거리에 나가 걸어 보고 싶다"라고 눈치 안 보고 자신을 즐기는 내용으로 다양하게 표현한다. 이렇게 노인세대와 젊은 세대는 행동과 의식, 표현에서 엄청난 차이가 있다. 이런 커다란 포부, 자유롭고 다양한 생각, 솔직한 표현들은 노인들도 경청하고 배울 필요가 있다.

그렇다고 노인세대가 젊은이들에게 기죽을 필요는 없다. 지금의 젊은이들은 바로 노인세대가 일구어 온 땅에서 자랐기 때문이다. "우리가 정말 저 친구들을 잘 키웠구나!" 하고 그들의 모습에 긍지를 갖자. 그리고 젊은이들은 그런 노인세대에게 감사함을 잊지 말자.

# 노인문제, 수입품으로는 성공 어렵다

1980년대 중반, 우리나라에서 실버타운 설립 붐이 일었다. 그 모델은 일본이었다. 일찍이 고령화사회에 들어섰던 일본은 실버타운이 활성화되어 있어 관련 산업이 번창하고 있었다. 1986년 12월, 일본 통산성은 고령자를 위한 '실버콜럼비아계획92'를 발표했다. 이 계획은 5년 후 노후생활을 해외에서 보내려는 노인들 가운데 엔고의 이점을 최대한 활용, 호주·스페인·캐나다·뉴질랜드·멕시코·포르투갈·브라질·필리핀 등 물가가 싸고 생활환경이 일본보다 좋은 곳에서 여생을 보내는 사람들이 늘고 있는 점에 착안한 것이다. '실버'는 은발을 의미하고 '콜럼비아'는 콜럼버스가 신대륙을 발견한 것에서 따온 것이다. 고령화사회 대책에 고심하던 일본 정부는 일본 영토 내 노인인구를 줄이는 것이 그만큼 국가의 부담을 던다는 계산을 한 것이다. 이 계획을 추진하는 '해외거주지원사업연구회'는 계획 발표 한 달 후, 1987년 1월 각국의 일본인에 대한 국민감정, 비자 발급, 자금을 갖고 입국할 수 있는지 여부 및 송금제도, 물가와 주택가격을 비롯한 생활환경, 인종차별 유무 등을 조사하고 일본 노인들을 이주시키는 데에까지 이르렀다.

## 실버타운이 한국에서 실패한 이유

일본 실버산업 현황이 국내 언론매체를 통해 경쟁적으로 알려지면서 실버타운과 그에 관련된 사업 아이템을 수입하려는 기업들이 우후죽순 생겨났다. 하지만 거의 대부분이 실패로 돌아갔다. 당시 우리 경제 수준에 실버타운과 노인산업은 맞지 않는 옷이었기 때문이기도 하고, 우리 정서에도 어울리지 않았기 때문이다. 〈사랑의 삼각끈〉을 일본에서는 절대로 할 수 없다고 한탄했듯이 그때 일본은 이미 부모자식 관계가 한마디로 돈이면 모두 된다는 사고가 팽배해 있었다. 자식은 생활비만 대 주면 그만이었다. 노인들끼리 실버타운에 살고, 자식들은 몇 년이 가도 한 번 찾아오지 않는 게 일본의 상황이었다. 1980년대만 해도 한국에서는 노인들이 가족과 함께 사는 것을 당연하게 여겼고, 자식들은 연로한 부모님을 모시고 사는 것이 미덕인 사회였다. 생각하기에는 현대판 고려장처럼 보일 수 있는 실버타운이 우리나라의 정서상 맞을 리가 없었기에 일부 대기업에서 상류층을 상대로 한 최고급 실버타운 한두 곳만이 명맥을 유지할 수 있었다.

노인복지 일을 하던 내게도 여러 기업에서 실버타운 사업을 같이 하자는 제의가 들어왔지만 거절했다. 겉으로는 노인들을 편안하게 모시겠다는 명분을 내세웠지만 속내는 노인들을 상대로 돈 벌 궁리

뿐이었고 노인과 가족들 정서, 그리고 효문화에 대한 이해가 없었다. 국내의 고령화사회 추세가 언론에 보도되자, 일본에서 성공한 실버타운을 기업들이 수입하기만 하면 쉽게 돈을 벌 수 있다는 생각에 빠져 있었던 것이다.

실버타운이 정착하려면 1인당 국민소득이 1만5천 달러 정도 수준에 올라와 있어야 한다. 경제력이 밑받침되고 그에 맞는 노인복지제도가 있어야 실버타운이 가능한데, 당시 우리의 국민소득은 고작 6천 달러였다. 그런데 일본의 사례만 보고 실버타운과 관련 사업을 수입했으니 잘될 리가 만무했다. 국민소득 2만 달러 시대가 된 요즈음에 와서야 실버타운이 활성화되어 가는 것을 보면, 우리 환경과 정서를 고려하지 않고 외국에서 성공했다고 덮어놓고 수입했다가는 어떤 결과를 낳는지 잘 보여주는 사례라 할 수 있겠다.

### 혼쭐난 '노인학자'들

〈장수만세〉를 연출하던 시기의 끝 무렵, 내게는 노인단체 행사나 노인 관련 세미나에 관한 초청장이 오곤 했다. 처음에는 한두 번 참석했지만, 주장들이 별다른 게 없어서 앞으로는 노인 세미나에 참석하지 않겠다고 마음먹고 있었다. 그런데 어느 날 유네스코 주최 세미나 안내장이 도착해 있었다. 서울대 총장을 역임하신 유네스코 박봉식 사무총장 명의의 초청장이었는데, 노인에 관한 주제를 놓고 이틀 동안 명동 유네스코에서 세미나가 개최된다는 내용이었다.

UN 산하 세계적 단체인 '유네스코' 이름에 눈길이 갔다. '그 정도 권위를 가진 단체면 실질적인 내용이 나오지 않을까?' 하는 마음에 프로그램 제작을 위한 자료 수집 차원에서 회사의 허락을 받고 이틀 동안 세미나에 참석했다.

첫날 세미나에서 역시 '뭐 하러 왔을까' 하는 회의감과 실망감이 들었다. 주제 발표자와 발제자들의 직함은 화려했다. 저명한 교수, 노인학 박사들로 선진국에서 관련 학문을 전공하고 온 학자들이 대부분이었다. 하지만 그들의 주장은 우리나라 노인들이 처한 상황에는 맞지 않았으며 그저 선진국의 노인학 이론만을 되풀이하고 있을 뿐이었다. 세미나장 객석에는 전국 각지에서 올라온 노인대학장과 노인들이 200여 명 정도 있었는데, '도대체 무슨 이야기를 하고 있는 거야?' 하는 표정이었다. 선진국에서 배워 온 노인학자들로부터 뭔가 도움을 받을까 싶어 왔다가 우리 실정과 동떨어져서 실망하는 눈치였다. 세미나 끝무렵 질문시간이 주어졌지만 객석으로부터 별다른 질문이 없었다.

세미나 이틀째는 갈까 말까 망설였다. 첫날 상황을 보니 자료 수집에 그다지 도움될 게 없을 것 같다는 판단이 섰다. 하지만 막장에서 금맥을 찾을 수도 있지 않을까 하는 실낱같은 희망을 갖고 세미나장으로 발길을 돌렸다. 그런데 역시 둘째날도 첫날처럼 노인전문가들은 우리 실정에 맞지 않는 어제와 비슷한 소리만 늘어놓고 있었다. 오전부터 시작된 세미나가 저녁까지 이어졌는데, 세미나가 끝날 무렵 첫날처럼 30분 정도 객석에 질문시간이 주어졌다. 이번에는 첫날과는 달리 기다렸다는 듯이 손들고 발언 기회를 얻은 노인대학장들과 노인들이 불만을 터뜨렸다. 세미나에서 노인학자들의 주장이 우리나라 노인대학이나 노인복지의 실정과는 너무 거리가 멀다는 항의

성 발언이 대부분이었다. 나이 지긋한 분들의 성토를 구석에 앉아 듣고 있던 나는 기분이 씁쓸했다.

마지막 질문 기회를 준다는 말에 주위를 둘러보고 나도 번쩍 손을 들었다. 노인 일색이던 객석에 젊은 사람이 있으니 눈에 띈 모양이다. 사회자가 나를 가리키며 "구석에 젊은 분…… 질문하세요" 하며 기회를 줬다.

일어나 KBS 〈장수만세〉 연출 PD 아무개라고 소개하니 객석이 술렁거린다. 젊은 사람이 참석한 것도 의외인데 노인들에게 익히 알려진 프로그램인 〈장수만세〉를 제작하는 PD라고 하니 관심이 갔을 법도 했다.

프로그램 제작에 도움이 될까 해 참석했으며, 선진국에서 많이 배워 온 저명한 학자들한테 좋은 내용을 많이 들었다고 일단 덕담을 했다. 노인 프로그램을 제작해 온 경험에 비춰볼 때 이틀간의 발표 내용이 우리 현실과 동떨어져 있다는 얘기를 하니 객석에서 경청하던 노인들이 박수를 보내왔다. 내가 과연 대단한 명연설을 해서였을까? 전국 각지에서 노구를 이끌고 이틀 내내 세미나에 참석하며 지쳤던 노인들이, 젊은 사람이 당신들 하고 싶은 얘기를 논리적으로 대신해서였을 것이다.

그리고 노인악단과 노인솜씨대회, 노인솜씨매장을 오픈한 이야기, 그리고 〈장수무대〉, 〈장수만세〉를 제작하며 노인과 가족들에게서 겪은 경험담과 우리 가족문화를 비롯한 몇 가지 사례를 덧붙였다. 끝으로 우리 사회에서 노인들이 정말로 필요로 하는 것은 재능과 경험을 살려 '할 일'을 만들어주는 것과 우리의 효를 접목해 노인문제를 풀어가야 한다고 주장했다. 7분여의 내 이야기가 끝나자 우레와 같은 박수가 터져 나왔다. 세미나가 끝나자 주제 발표한 노인학자들, 주최측 실무자, 노인대학장들이 서로 명함을 건네줬다. 그 자리에서 받은 명함만 30여 장은 되었을 것이다. 그건 '젊은 사람이 맞는 말 했다'는 공감 때문이었을 것이다.

20여 년이 지난 지금, 선진국에서 노인학을 공부한 젊은 학자들이 많고 특히 한국 노인들과 생활을 해 본 노인전문가들이 많아서인지, 노인들에게 실질적인 정책을 정부나 지방자치단체에서 펼치는 것을 볼 수 있어 반갑다.

노인전문가들이 선진국에서 배운 것을 우리나라에서 펼치는 건 좋다. 하지만 근본적으로 정서와 문화가 다른 우리나라에 외국의 이론을 그대로 적용하는 것은 무리다. 특히 우리 노인문제에는 정서적 문제가 많이 개입된다. 나는 노인 프로그램을 제작할 때 1분 분량의 오프닝 멘트를 쓰기 위해 일부러 시간을 내 떡과 사탕을 사들고 노인들을 찾아가 친근한 대화를 나누곤 했다. 이렇게 하면 방송 오프닝 멘트가 살아 움직인다. 노인들의 생각을 가슴에 닿게 전달할 수 있기 때문에 청취자와 시청자들의 공감을 얻을 수 있었다. 이처럼 우리 노인들을 이해하려면 대화도 많이 하고 생활도 같이 해 봐야 한다.

선진국의 이론이나 사례를 수입할 때에는 우리나라의 경제력과 가족문화에 어울리는지 먼저 판단해야 하고 맞지 않으면 우리만의 아이디어를 찾아내야 한다. 특히 노인사업과 노인복지에 대해서는 더욱 그렇다. 우리나라는 세계 어디에도 찾아볼 수 없는 '효문화'가 저변에 깔려 있기 때문이다.

# 노인의 성(性), 음지에서 양지로

2002년 12월, 노인들의 성 문제를 정면으로 다룬 '죽어도 좋아'라는 영화가 있어 사회적으로 관심을 불러일으킨 적이 있었다. 사실 '노인'과 '성'이라는 두 단어는 당시 사회 분위기로는 어울려 보이지 않았다. 요즘에야 배우자가 사별한 노인들이 홀로된 다른 노인들과 만나고 새로운 반려자로 여생을 약속하는 일이 느는 추세지만, '죽어도 좋아' 영화가 개봉될 때는 '음란물이다, 아니다'라고 노인의 성에 대해 대놓고 말하기엔 민망한 게 현실이었다.

그러다 보니 홀로된 노인들 중에는 성매매를 통해 성 욕구를 해결하는 경우도 심심치 않다. 2009년 서울시에서 65세 이상 노인 1,000명(남성 464명, 여성 536명)을 대상으로 한 설문조사 결과를 봐도 남성의 28.4%인 132명이 '성매매 경험이 있다'고 답했고, 심지어 여성 중에도 4.6%가 '성매매 경험이 있다'고 답했을 정도다. 남성 중 87명, 여성 중 13명이 성병에 걸린 경험을 갖고 있다는 응답도 나왔다.

65세가 넘는 노인들도 여전히 성욕구가 상당함에도 우리 사회에서 이러한 욕구를 받아줄 창구는 거의 전무했다. 절반 이상의 노인이 이성 친구를 찾는 곳은 노인복지관이나 경로당이다. 모임이나 단체를 통한 방법은 13%에 불과했다. 노인들의 이성교제가 건전한 방향으로 이루어지려면 모임이나 단체 활동을 통해 비슷한 관심사를 가진 분들끼리 자연스럽게 친밀해지고 교분을 갖는 것이 좋을 것이다. 하지만 우리 사회는 아직까지 이러한 통로가 매우 부족하다.

2009년 법원에서는 남성이 성관계를 지속할 수 있는 나이를 69세로 보았고, 세간에는 이 판결을 두고 너무 짧게 산정한 것이 아니냐는 반론이 일었다. 평균수명이 길어지고 노인들 건강이 좋아져 '성관계 정년'은 더욱 길어질 것이다. 하지만 우리 사회는 이에 대한 대비가 전무하다.

원활한 성관계는 노인을 더욱 젊고 건강하게 만들어 주는 원동력이다. 적절한 성관계는 노인들을 건강하고 오래 살게 한다는 사실은 이미 의학계에서도 여러 차례 입증된 바 있다. 하지만 그늘에서 이루어지는 노인의 성은 성병이나 성범죄를 비롯해 여러 가지 위험에 노인들을 무방비상태로 방치하고 있다. 이제는 우리 사회가 노인들 성에 대해 좀 더 열린 생각을 갖고 이를 양지로 끌어내야 한다.

성에 대한 욕망은 젊은이와 노인이 따로 없다. 이것을 젊은이 따로 노인 따로 분리해 생각하는 게 오히려 문제다. 성생활이 젊은이들만의 특권은 아니다. 젊은이든 노인이든 인간으로 살아가는 한은 똑같은 존재로 성을 즐기고 건강하게 살 수 있어야 하지 않을까.

동서양을 막론하고 노인의 성에 대해 연구하고 관심이 증가하는 것은 어제오늘의 일이 아니다. 이성을 향한 사랑과 성욕은 남녀노소 구별이 없다. 시카고대학의 스테이시 린다우(Stacy Tessler Lindau) 박사는 "노인들에게도 성생활이 인생의 매우 중요한 부분"이라고 주장하며 "성행위는 물리적인 운동이 되는 동시에 엔도르핀이 발생하고 신체 접촉으로 정신적인 만족을 얻고 치매를 늦추는 등 여러 가지 면에서 건강에 이롭다"고 말한 바 있다.

그렇다면 노인의 성생활은 몇 살까지 가능할까? 영국 에든버러 의대 연구에 따르면, 노년에도 성생활을 즐기는 사람들은 고혈압, 당뇨병 등 성인병이 없을 가능성이 높고 매주 두 번 이상 성관계하는 노인은 한 달에 한 번 성관계하는 노인보다 사망률이 50%나 낮다는 연구결과를 발표했다. 현대의학에서 '비아그라'로 대표되는 의약품 발달로 노인 성생활은 나이에 관계없이 언제든지 가능하게 되었다고 한다.

영국의 브리스톨 대학의 프랭클 박사는 "오래 살려면 섹스를 자주 하라"고 조언한다. 황혼이혼이 늘고 있지만 의학 발달로 성생활은 노화가 없어 100세에도 성생활을 할 수 있는 날이 멀지 않다고 의학계 전문가들이 말하는 상황이다. 그러니 노인들도 건강하게 성생활을 당당하게 즐기도록 노력하자.

### 색(色) 있는 노인

탤런트 이순재 씨가 '야동 순재'라는 별칭을 얻었듯이 노인들도 야한 비디오를 좀 보면 어떤가? 몇 달 전, 유명한 70대 서예가께 '좋은 동영상 하나 보여 드리겠다'고 한 적이 있었다. 궁금해하는 서예가께 보여드린 영화는 다름 아닌 '야동 CD'였다. 그분은 얘기는 들었지만 이런 것은 처음 본다며 "젊어지는 것 같네" 하고 웃으며 좋아하셨다. 물론 노인들에게 야동을 권장한다는 얘기는 아니다. 하지만 건강을 위해 즐기고 싶은 것은 즐기고, 보고 싶은 것은 보시라는 얘기다.

야동을 보여 드리고 나서 서예가께 얘기하고 싶은 한 가지 아이디어를 제안했다. '색(色) 있는 서예'를 해 보시면 어떻겠냐는 것이었다. 항상 서예는 검은 먹물만을 고집해 왔다. 하지만 요즘 같은 컬러 시대에 왜 꼭 검은색만을 사용해야 할까? 글 내용과 서예가의 느낌에 따라 빨주노초파남보의 다양한 색깔을 선택할 수 있다면, 서예가 표현할 수 있는 폭이 더 넓어지지 않을까? 그분은 "좋은 생각"이라면서도 다른 서예가들이 어떻게 볼지 염려되고 색깔 있는 먹물을 만드는 것도 쉽지 않은 문제라고 하셨다. 결국 서예계에서 '이단아' 취급을 받을까 봐 공개적으로 시도는 못하셨지만, 아이디어만큼은 긍정적이어서 빨간색 서예 글씨를 써 보시는 열정을 보이셨다.

노인들도 성에 대해 좀 더 열린 사고를 갖고 젊은이들처럼 즐기는 법을 배운다면, 흑백의 사고에서 벗어나 색깔을 입히는 노인이 된다면, 젊은이들도 매력을 느낄 만한 멋진 노인이 될 것이다.

유명한 영화배우 앤서니 퀸은 81세에 딸을 낳았다. 핀란드 쿠테마자르비에서는 노인섹스축제까지 벌어지고 있다. 이제 우리 사회도 그동안 금기시했던 노인의 성을 좀 더 대담하게 화제에 올리고 있다.

# (초)고령사회, '이런 준비'를

'초고령사회' 일본을 가 보면 노인들이 많아 일본 사회가 죽어 가고 있다는 것을 실감하게 된다. 길거리를 다녀도 '일본은 노인들만 사나' 싶을 정도로 사방팔방에 노인들 모습만 보이는 곳이 많다. 아침에 카페나 커피숍에 가도, 극장에 가도, 백화점에 가도, 음식점에 가도, 젊은이들이 있어야 할 자리에 노인들이 많이 있다. 그도 그럴 것이, 노인인구가 많은데다 일본 노인들은 연금으로 경제적인 여유가 있다. 이를 바탕으로 '통크족(손자손녀를 키우는 데 시간을 뺏기지 않고 자신만의 인생을 추구하는 노인 부부)'이란 말이 나올 정도로 인생을 즐기는 노인들도 많다. 그렇기에 여유롭게 삶을 만끽하는 노인들 모습을 도처에서 볼 수 있는 것이다.

이런 일본이다 보니 구석구석까지 노인을 배려하는 모습이 눈에 띈다. 일본 신문은 우리 신문보다 활자가 더 크다. 공공 기관, 빌딩, 백화점 등 사람들이 모이는 곳에도 노인들을 위해 안내 문구가 큼직인도에는 카스트보다 더 지독하다 는 새로운 신분 제도가 있다. 영어 격차(English divide)다. 영어를 구사하는 1억명과 못하는 10억명이 직업과 경제적 지위에서 극명하게 엇갈린다. 우리도 영어 격차가 신분을 결정하는 시대로 가고 있다. 문제는 영어격차가 본인 능력보다 부모의 경제력 등에 좌우된다는 점이다

円だ。子ども手当や農家の戸別所得補償、高校授業料実質無償化などの新規事業に加え、社会保障費の自然増などで歳出が膨らんだ。
歳出増に伴い、新規国債発行額は過去最悪の44兆3030億円となった。政府は11年度以降の予算編成に

● 한국 신문 활자(왼쪽)와 일본 신문 활자. 활자 크기가 확연한 차이를 보인다.

큼직하다. 실버산업은 해마다 10%씩 성장하고 있는데, 이 추세로 가면 2025년에는 155조 엔 규모로 성장할 전망이다. 일본 노인들은 풍요로운 노후를 맞고 있으며, 일본 사회 역시 이들을 위한 준비를 일찍부터 해 왔기 때문에 노인산업은 경제적으로 비중이 큰 시장을 형성하고 있다.

이에 반해, 일본에 못지않게 고령사회로 빠르게 진입해 가고 있는 우리나라는 어떤가? 2009년 국회예산정책처에서는 현재 우리나라가 '고령화사회'에 진입했으며 2018년에는 '고령사회', 2026년에는 '초고령사회'에 들어설 것이라고 전망하고 있다. 이런 상황에 준비가 제대로 안 된 상태에서 노년을 맞이하는 이들이 급속도로 늘어나고 있다. 2010년 1월 8일자 조선일보는 베이비붐 세대인 1955~1963년 직장인들 가운데 311만 명이 준비 안 된 은퇴를 맞이할 것이라는 기사를 1면 머리기사로 실었다. 이들의 문제는 단순한 개인의 어려움으로 그치는 것이 아니라 커다란 사회적 부담이 될 수밖에 없다. 스스로 준비 못한 노인들의 최소한의 생계는 결국 국가에서 보장해 줘야

하기 때문이다.

여유로운 노후자금은 개인별 약 10억 원이 필요한 것으로 전문가들은 진단하고 있다. 하지만 우리나라 중산층은 과도한 사교육비와 내 집 마련 등으로 미래에 노후설계자금을 확보할 여유가 거의 없다. 일반적으로 아이를 대학에 보내고 집 한 칸 장만하고 나면 어느새 오십이 훌쩍 넘어버린다. 예전에는 부모가 아낌없이 자식들에게 모든 것을 쏟아 붓고 나면 세월이 흘러 장성한 자식들이 늙은 부모를 봉양하는 것을 당연하게 여겼다. 하지만 이제는 자식들에게 그런 걸 기대하는 부모는 거의 없다. 그러니 우리나라 노인산업도 성장이 더딜 수밖에 없다. 노인들의 경제력이 받쳐 줘야 각종 노인 관련 상품과 서비스가 활성화될 텐데 재정적 여유가 없어 생활고에 허덕이는 노인들이 많으니 노인시장을 형성하기가 어려운 것이다.

초고령사회 일본 신문이 활자가 크다는 것은 독자 중에 노인이 차지하는 비중이 매우 높다는 뜻이다. 공공시설, 거리표지판, 서비스업, 음식점, 전자제품 등 대부분 노인들을 위해 큼직한 글자를 쓰고 있었다.

어느 나라나 평균 수명이 길어지면서 고령화 추세를 막을 길이 없다. 하지만 이에 대해 아무런 준비도 안 한다면 (초)고령사회가 실제 상황이 되었을 때 우리 사회는 큰 재앙을 맞게 될 것이다.

젊은이들 가운데에는 '가까운 시간에 나도 노인이 될 것이다'라고 생각하는 사람들이 많지 않은 것 같다. 나 역시 마찬가지였다. 세월이 쏜살같이 지나고 나니 어느새 노인 문턱에 와 있는 나를 발견하게 된다. 노인이 되었을 때 아무런 꿈과 희망을 갖지 못하면 정서적인 문제가 생긴다. 경제적으로 여유가 있다 해도 '나도 노인이 됐구나' 라는 사실을 깨달으면 무력감과 좌절감에 빠지기 쉽다.

늦기 전에 국가와 사회에서는 중·장년층을 대상으로 '멋있는 노인 되기'를 준비시켜야 한다. 베이비붐 세대 311만 명이 '준비 안 된 노인'으로 예측되는 지금도 늦은 감이 있다.

# 4부

## 원칙과 방송국 34년

# 약속 안 지키는 문화

지금까지 살아오면서 자부심을 갖고 있는 오직 한 가지가 있다. 그것은 상대방과 맺은 '약속은 반드시 지킨다'는 것이다. 개인 약속은 말할 것도 없고 녹화 때도 출연자, 스태프들과 녹화시간을 정확하게 지켰다. 오후 2시면 정각 2시에 큐 사인을 어김없이 준다. 이런 원칙은 방송국 PD라면 당연한 것이지만, 다른 PD들과 일해 본 출연자들과 제작진들은 나와 함께 일할 때는 적응이 잘 되지 않아 처음에는 매우 힘들었다고 한다.

### 시간 안 지키는 가수, 무대 설 수 없다

야외녹화로 진행되는 〈KBS 전국노래자랑〉 연출할 때, 대체로 낮 1시에서 2시 사이에 녹화를 시작한다. 야외녹화이므로 순광, 곧 햇빛이 출연자 얼굴에 비칠 때를 이용해 제작하는데 지역마다 조금씩 다르지만 녹화를 하기에는 여러 사정을 감안해도 이 시간이 제일 좋다.

녹화 때는 녹화 시작 시간 이야기를 별도로 안 한다. 심지어는 큐 사인도 안 준다. 대신 방송중계차에서 스피커로 모든 스태프들에게 시보를 크게 틀어 들려준다.

"뚜, 뚜, 뚜, 삐~!"

그리고 1초 후 딩동댕 치는 것이 약속된 큐 사인이다. 낯익은 〈전국노래자랑〉의 "딩동댕~" 소리와 함께 김인협 악단장의 전주음악에 맞춰 송해 씨의 구수한 "전국~ 노래자랑~!"이 이어진다.

초대가수 가운데 약속시간에 단 몇 분이라도 늦게 도착하면 최정상급 가수라 할지라도 무대에 출연시키지 않았다. 강원도 속초, 경상도 고성 같은 먼 곳에서 녹화를 하다 보면 최정상급 가수들은 매일

● 〈전국노래자랑〉 완도편(1994년)

바쁜 스케줄 때문에 하루 전에 내려오지 않고 당일 새벽에 출발해 대여섯 시간씩 걸려 현장에 도착한다. 최정상급 가수들이라도 제 시간에 도착하지 않으면 절대로 출연시키지 않는 내게 "어쩌면 그럴 수 있느냐"고 처음에는 항의도 많이 받았다. 이런 소리를 들을 때마다 나는 "약속을 지키는 건 당신도 위하고 우리도 위한 것이다"라고 답해 준다. 물론 최정상급 가수들마저 무대에 오르지 못했던 일은 마음이 아팠다.

이런 일이 몇 차례 있은 후 가수들은 한 시간 전에 도착하여 자신이 왔음을 내게 알려 왔다. 2년 동안 〈전국노래자랑〉을 제작하며 무대에 오르지 못했던 최정상급 가수들은 대략 6~7명 정도다. 이런 일

〈여름특집 전국노래자랑〉 흑산도편. 1994년 7월 24일 전남 신안군 흑산도 죽항리 언덕에서 개최한 〈여름특집 전국노래자랑〉 녹화현장. 배에 중계차와 녹화장비를 싣기 어렵다는 주위의 우려에도 불구하고, 한 달 가까운 가뭄과 유례없는 37도의 불볕더위 속에서 군사작전을 방불케 하는 수송작업으로 사상 최초로 흑산도에서 〈여름특집 전국노래자랑〉 프로그램을 녹화했다.

이 가수들의 소속사 입을 타고 소문이 나서 다른 가수들도 자발적으로 녹화 한 시간 전에 도착을 했다.

몇 분 때문에 무대에 오르지 못한 가수들이 나를 비난하기도 했지만, 지금까지도 이러한 원칙 고수가 가요계의 전설로 회자된다고 가요계 관계자들이 전한다.

'약속'에 대한 나의 원칙은 프로그램 구성회의나 특집 프로그램 제작 때도 마찬가지였다. 작가나 조연출들이 지각하면 회의에 참석시키지 않았고 나중에는 벌금제도까지 만들었다. 1~5분까지는 만원, 6~10분까지는 2만원……, 이런 식으로 벌금을 모아 간식과 회식에 사용하도록 했다. 몇 주 후에는 벌금이 모이지 않을 정도로 사람들이 시간을 지키는 게 습관이 되자, 구성회의 때 간식값이라도 줘야겠다는 생각에 나는 일부러 사무실에서 오랫동안 전화 통화를 하고

● 〈전국노래자랑〉 미국, 캐나다(북미주)편 출연진들과 함께

7분 정도 늦어 2만원 벌금을 내기도 했다. 처음에는 늦는 사람들이 시간 맞추는 데 힘들어했지만 나중에는 다음 스케줄을 계획성 있게 잡을 수 있어 모두 좋다고들 반겼다.

사실 PD들은 회의시간을 정해 놓고 20~30분씩, 심지어 한 시간을 늦는 일들이 허다하다. 그러면 미리 와 기다리는 사람은 그만큼 시간이 낭비된다. 프리랜서 작가들은 하루에도 약속이 여러 개 잡혀 있을 때가 많아, 회의가 늦어지면 다음 스케줄이 어그러진다. 처음에는 시간약속을 지키기 힘들지 모르지만 조금만 익숙해지면 그만큼 여러 사람들을 위해, 그리고 무엇보다 자기 자신을 위해 유익하다.

약속과 시간관념이 철저하다 보니 후배 PD들은 나를 '면도날'이라 부르곤 했다.

"왜 그렇게 시간에 대해 엄하세요?"

"방송국 PD라면 기획력이면 기획력, 추진력이면 추진력 등 하나 정도는 색깔이 있어야 될 거 아닌가. 내 색깔은 시간관념이다. 방송국이 뭔가? 분, 초를 먹고 사는 집단이 아닌가. 정년퇴직할 때까지 시간을 지키고 살 거고 그렇게 할 것이다. 이건 나의 변함없는 소신이다."

그게 나의 답변이었다.

방송국 쇼·오락 PD들이라면 누구나 지인들로부터 그들의 기업행사, 가족행사, 동창회, 단체행사 등에 연예인 섭외 부탁을 받는 경우가 있다. 일반인들이 연예인에게 연락할 방법도 없거니와 예산 부담이 크기 때문에 미안해하며 방송국 PD들에게 부탁한다.

나도 예외는 아니어 이런 경우 내 능력범위에서 지인들의 부탁을 해결해 준 경험이 여러 번 있었다. 그래서 정년퇴직 후 일반인들이 연예인 섭외를 직접 편리하게 인터넷상에서 이용할 수 있는 사이트를 최초로 만들었다. '뽕필닷컴(www.bbongpil.com)'은 연예인 섭외가 필요한 일반인들이 쉽게 사이트를 이용할 수 있게 하는 데에 큰 의미가 있었지만, 사실은 내가 'PD 재직 시 가수들에게 욕을 얼마나 많이 먹었나' 하는 리트머스 시험지 같은 성격도 있었다. 〈전국노래자랑〉 무대에 시간이 늦어 오르지 못했던 최정상급 가수들도 당시에는 서운했지만 시간 지키기는 당신이 옳았다면서 그들을 비롯해 400~500명의 가수들이 뽕필닷컴을 만들 때 무료로 얼굴 이미지를 사용할 수 있도록 흔쾌히 허락해 주었다. 모두가 감사한 마음이다.

뽕필닷컴 또한 '약속'에 대한 나의 신조로 운영되다 보니, 연예인들이 섭외되어 행사에 갈 때에도 새로운 문화와 풍토를 만들고 있다.

● 뽕필닷컴(www.bbongpil.com)

원래 정상급 연예인들은 바쁜 사람들이라 의뢰자의 행사시간에 늦기도 하고 다음 스케줄 때문에 쫓기듯 공연을 진행하고 떠나버리는 일이 잦다. 이런 특성을 잘 알고 있기에 연예인과 의뢰자 모두 피해가 없도록 변호사 자문을 마친 '표준계약서'를 도입했다. 그래서인지 그동안 뽕필닷컴이 섭외한 행사는 정확하게 진행되어 연예인이나 이용자들이나 모두 뒷말이 없고 만족해한다. 연예인은 출연시간 30분 전에 행사장에 도착하고, 공연 시간 및 내용을 명확히 적다 보니 의뢰자도 무리한 요구를 하지 않는다. 처음에는 '행사출연계약서'라는 형식에 의아해하던 연예인들도 잘 협조한다. 이런 풍토가 자리 잡기를 바라는 마음에 뽕필닷컴의 표준계약서는 누구나 내려받아 사용하도록 공개해 두었다.

이왕 〈전국노래자랑〉 이야기를 했으니 조금 더 해 볼까 한다. 그동안 시청자들이 가장 많이 했던 질문은 '예심을 통과하려면 어떻게 해야 하는가'에 대한 것이었다. 담당 PD를 했던 경험을 바탕으로 나름의 심사기준을 독자들께 공개(?)한다.

KBS 1TV 〈전국노래자랑〉 유치는 각 지방자치단체별로 경쟁이 뜨겁다. 특히 전국의 280여 곳 지자체의 봄가을 축제가 있는 계절은 축제기간에 맞추려 전쟁이라도 치르는 듯 한다 해도 과언이 아니다. 이런 상황에서 각 지방자치단체에서 〈전국노래자랑〉을 유치할 수 있는 곳은 한계가 있을 수밖에 없다. 상반기 결선, 하반기 결선, 여름특집 2회 정도를 빼고 48주뿐인 한 해 녹화일정표에 들어가기 위해 가능한 수단을 모두 활용한다. 아마도 지방자치단체장이 몇 천, 몇 만

명의 관객이 모인 곳에서 얼굴을 드러내고 지역민을 위해 일했다는 공치사(?)를 하기가 쉬워서 그런 모양이다.

그런데 〈전국노래자랑〉 PD들이 환영하지 않는 지역이 있다. 바로 강원도, 충청도, 제주도 세 지역이다. 내가 담당 PD였던 1990년대 중반만 해도 〈전국노래자랑〉 녹화안내가 지방거리에 현수막이 붙으면 300~2,500여 명의 사람들이 예심에 참가하곤 했다. 특히 부산지역은 2,500여 명이 참가해 이틀 동안 예심을 치른 것이 지금까지 최고 기록이다. 그런데 강원도, 충청도, 제주도 세 지역만 가면 예심 참가자가 1/10로 줄어든다. 그만큼 열기가 약해 프로그램 녹화 때도 죽을(?) 맛이다. 이들 세 지역은 본선에 올라서도 녹화하는 분들이나 관객들 모두가 지역정서 탓인지 밋밋하기 그지없다. 노련한 사회자 송해 씨가 분위기를 띄우고 재미있는 이야기를 해도 잘 웃지 않는다. 박수도 잘 안 치고, 출연자가 무엇을 하든 관객들 반응이 시들하다. 아마 선비와 양반들이라 녹화 끝나고 집에 돌아가서 박수치고 웃는가 보다. 서울 KBS 본사에 올라와 세 곳의 녹화 테이프를 보고 방송하기 위해 고민, 고민해 편집해 봐도 예상대로 프로그램에 활기가 없는 것이다. 방송이 나가면 그런 지역은 시청률이 떨어지고 데스크에서도 걱정을 한다. 지역 안배 차원에서 세 지역들이 녹화 일정에 잡히면 담당 PD들은 뾰족한 방법이 없어 무거운 마음으로 출발한다.

반면 경상도, 전라도 지역은 지역민 정서가 대체로 화끈해서 출연자들과 관객 반응이 모두 좋아 유치공문이 오면 PD들이 환영하는 분위기다. 전국 280여 지자체 지역을 고루 방문하려면 5년에 한 곳 정도 녹화해야 하지만, 경상도·전라도 지역은 2~3년 만에라도 다시 녹화하는 것은 이런 이유 때문이다.

〈전국노래자랑〉 참가자들을 분석해 보면 예심 통과요령을 연구한 것처럼 느낄 때가 있다. 단지 노래만 잘 부른다고 예심을 통과할 수 없는 것이 이 프로그램이다. 〈전국노래자랑〉은 출연하는 참가자들이 관객과 시청자들에게 재미와 활기를 줘야 한다. 〈전국노래자랑〉 PD마다 개인차가 있겠지만, 내 경험에서 얻은 '예심 통과요령'을 소개하면 이렇다.

· 노래를 참가자 중에서 매우 잘 하면 된다. 예외도 있다. 태도와 용모가 불량하거나 선곡 등이 약할 경우 불합격될 수 있다.
· 히트가요 중 20~40대가 좋아하는 템포감 있는 노래를 선곡한다. 공개방송에서는 느린 곡을 가급적 사양한다.
· 〈전국노래자랑〉 프로그램에 소개가 잘 안 된 가요를 선곡하면 유리하고 〈전국노래자랑〉에서 아마추어 출연자들이 자주 부르는 곡들은 불리하다.
· 소품이나 분장, 동작 등이 특색이 있고, 재미있고, 차별화가 되면 합격 가능성이 크다.
· 지역 특색이 물씬 풍기는 소재를 갖고 참가하면 합격 가능성이 높다. 이런 경우 노래 실력이 웬만큼 해도 합격 확률은 높다.
· 계절노래로 참가하고 싶으면 반드시 예심 때 '방송일'을 알아보고 계절감에 맞춰야 한다. 예를 들어 방송은 6월 넷째 주 일요일에 나가는데 예심 참가 때 '봄'과 관련된 선곡을 하면 반드시 탈락이다. 〈전국노래자랑〉은 지역축제와 장마기간, 그리고 혹한기를 피해 봄과 가을에 몰

아쳐 야외에서 제작하기 때문에 대체로 특별한 일이 없으면 한두 달 정도 지난 후 방송된다.

담당 PD는 참가자의 노래가 서툴러도 두세 명 정도는 프로그램에 특별함과 활력을 주기 위해 소위 '땡'용으로 참가자가 눈치 못 채게 선발하는 경우가 있다. 그런데 '땡'용으로 선발된 참가자가 노래방에서 열심히 연습하고 녹화에 임해 수상하는 경우가 더러 있어 담당 PD가 눈치싸움에서 패하는 일도 가끔 발생한다.

## 손해라도 약속은 지켜야

방송국에 근무할 때, 우리 사회에 약속을 지키지 않는 문화가 너무 고질화되어 있어서 이런 병폐는 고쳐야 한다는 생각을 할 때가 많았다. 방송국 프로그램 편성시간이 정확히 지켜지지 않는 점이라든가, 비행기·고속버스·기차의 출발시간을 봐도 그렇고, 사람들 간의 약속은 더 말할 나위도 없다. 약속은 상대가 있게 마련이고 약속을 지키는 것은 상대를 존중하는 것이다. 나는 살아오면서 지금까지 약속을 했으면 99%는 지켰다. 1%의 경우는 피치 못할 사정이었는데 이 경우에도 반드시 사전에 상대방에게 이해를 구하고 몇 분 정도 늦는 경우였다.

내 자녀들이 성장해 성인이 됐을 때 아빠의 장점과 단점을 물어본 적이 있었다. 단점은 너무 많았고 장점은 딱 하나였다. 아이들하고 약속을 하면 크건 작건 어긴 적이 한 번도 없었다고 자랑스럽게 이야기한다. 내가 약속을 지키는 방법은, 잊지 않으려 메모지에 적어 호주머니에 넣고 다니며 확인하는 것이다. 나는 약속이라면 생명처럼 여겼다. 약속을 어기는 것도 습관이고 약속을 지키는 것도 습관이다.

약속을 어기는 사람들의 공통점은 비굴하게도 '이유'가 많았다. 특히 늦는 경우 대부분 서울시내 교통이 혼잡해서라는 것이 이유다. 서울시내 교통이 혼잡스러운 게 어제오늘 일이 아니지 않은가. 약속을 지키면 손해를 볼 때도 있다. 사람들은 재정적, 시간적, 정신적으로 손해를 볼 것 같으면 어떤 이유를 만들더라도 약속을 지키지 않으려 한다. 하지만 손해를 보더라도 지키는 약속이 진정한 약속이다. 러시아워면 그 때문에 지연되는 시간을 계산해 일찍 출발해야 한다. 어떤 날은 도로가 생각보다 안 밀려 한 시간 정도 일찍 도착할 때도 있다. 그러면 커피숍에 앉아 신문을 읽다가 5분 전에 약속장소로 간다. 흔하진 않았지만 돈을 빌려 썼어도 갚겠다고 약속한 날 2~3일 전에는 고마웠다고 인사를 반드시 하고 갚았다. 지금도 내 주위에는 몇 십 년 된 친구들과 선후배들 중에 약속을 잘 지키는 사람들만이 남아 스트레스 받지 않고 서로 교류하고 있다.

능력과 재능은 사람마다 다르기에 나는 그것들로 사람을 판단하지 않는다. 능력과 재능은 각자 차이가 있지만 노력하면 되는 것이다. 은행도 개인별로 신용점수가 있어 신용사회를 만들 듯이, 약속 지키는 것도 각자의 신용점수이기 때문에 매우 중요하다. 아직도 '코리언 타임'이라는 문화가 남아 있는 우리나라에서 '약속 신용점수'에 대해 다시 한 번 되새겨볼 일이다.

# 나의 아이디어 옹달샘, 청바지와 신문

사람들에게 재산목록 1호가 무엇이냐고 물어보면 제각기 다를 것이다. 부동산, 은행 통장, 악기, 물건, 서류, 자녀, 아니면 자기 자신……. 그렇다면 나의 재산목록 1호는 무엇일까? 자식도 아니고 집도 아닌, 30여 년 동안 모아온 신문 스크랩이다. 지금도 내 사무실 한쪽 벽면은 30여 년간 모은 신문기사 자료들이 정리되어 빼곡히 쌓인 파일로 가득 메워져 있다. TBC 동양방송 PD 시절, 내가 기획하고 추진했던 노인악단이 1979년 8월 신문기사로 크게 나온 게 신기하고 흥미로워서 오려두었던 것이 신문 스크랩의 시초였다. 그렇게 한 장, 두 장 모으기 시작한 것이 어느덧 30년이 넘어간다.

### 홍 선배 주위에는 늘 신문이 있네요

처음 스크랩을 시작할 때만 해도 중앙 일간지는 하루에 8면을 발행했다. 노인 관련 기사가 한 달에 한두 건 나오면 많이 나오던 시절이었으니, 노인문제가 수면 위로 떠오르기 전이었다. 본격적으로 스크랩을 하게 된 계기는, 일본에서 개발된 '노인용 로봇'에 대한 해외 토픽 기사였다. 다가오는 고령사회를 대비하여 1985년부터 6년간 60억원의 예산을 투입하여, 고령자 취로지원시스템(실버로보틱스)의 개발을 추진키로 했다는 내용이었다. 상상도 못했던 노인용 로봇 기사를 보고 한동안 충격을 받았던 나는, 단순히 관심 있는 기사를 모으는 수준을 넘어 체계적으로 정리해 보기로 마음먹었던 것이다.

노인용 로봇 기사는 프로그램을 제작할 때 참고로 삼은 첫 기사였고, 그 이후로 하나둘 신문기사를 모으는 것에 재미를 붙여 스크랩을

海外 토픽

## 老人지원용 로보트개발

日서추진…體力도와 活動하게

일본정부는 3일 앞으로 닥쳐올 高齡者사회에 대비、체력이나 감각이 쇠약해진 노인들이 로보트의 도움을 받아 경제활동을 할수있도록 노인지원用 로보트(사진)를 개발키로 결정。

일본通商省은 현재 일본 전체인구에서 65세이상이 차지하는 고령자비율이 80년의 9·1%에서 2천년에는 15·6%로 증가할것으로 보고 오는85년부터 6년간 60억원의 예산을 투입、고령자 취로지원시스템(실버로보틱스)의 개발을 추진키로했다고。

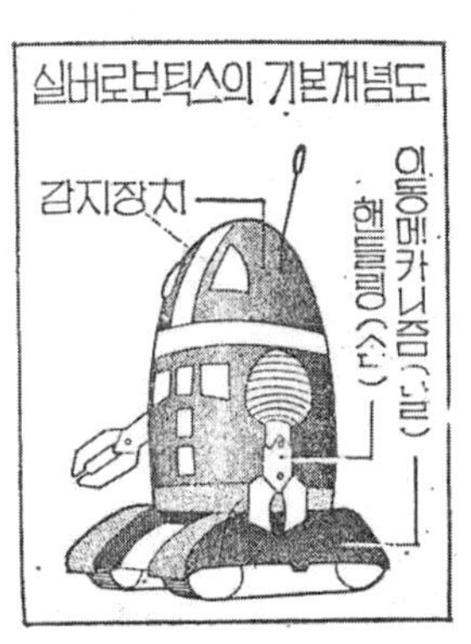


현재 일본의 자동차、전기기계공업등에 도입된 로보트의 경우 조작방법이 복잡하여 고령자가 사용하기 힘들기 때문에 새로개발되는 노인用로보트는 고등교육을 받지못한 고령자들도 쉽게 움직일수 있도록 조작의 간편섬에 주안점을 둔다는것。【外紙】

본격적으로 신문기사 스크랩을 하게 된 1984년 7월 6일 해외토픽 기사

본격적으로 하기 시작했다. 신문을 읽으며 나름대로 아이디어를 갖고 신문기사와 대화를 하기도 한다.

'이렇게 했어? 나 같으면 이렇게 했을 텐데…….'

'기자는 이 시기에 왜 이런 기사를 썼을까?'

신문은 지구촌 곳곳에서 일어난 일들을 한자리에 앉아 눈으로 여행할 수 있어서 편리했다. 내일이면 어떤 유익한 노인기사가 나올까 하는 궁금증을 갖는 습관이 지금껏 이어지고 있다. 주요 종합일간지들을 구독하며 스크랩을 하는데, 필요한 노인기사가 한 달에 한 번 발견되더라도 구독료가 아깝지 않았다. 이따금 발견하게 되는 기쁨이 오히려 더 컸다.

20여 년간 아침 출근 시간은 항상 오전 일곱 시여서, 요즘 말로 나는 '얼리버드(early bird)'였다. 일찍 출근하므로 녹화가 있는 날을 제외하면 대부분 오전에 일이 끝났다. 오후에는 신문을 들여다보며 프로그램 구성에 참고할 만한 기사를 모으고 필요한 후배 PD들에게도 도움이 되라고 기사를 건네주곤 했다. 그러는 사이 노인기사 스크랩거리도 찾았다. 그런 모습이 직장에서는 시간이 많이 남는 사람처럼 보였을지도 모르겠다.

아침 일찍 일을 시작하면 좋은 점이 많다. 무엇보다 출연자 섭외가 잘된다. 오후에 섭외하려면 이미 다른 방송국에서 오전에 싹쓸이해서 스케줄을 잡는 바람에 섭외가 안 될 때가 종종 있다. 아침 일찍 섭외하면 텅 빈 운동장이나 마찬가지다. 일찍 출근하면 그만큼 퇴근도 일찍 하는 거 아니냐고 생각할지 모르겠지만, 그렇지는 않다. 출근이야 내가 알아서 하지만 퇴근 시간은 엄연히 정해져 있기 때문이다.

그리고 오후에는 방송출연자와 관계자들과의 미팅이 있었다.

후배들은 나를 보면, "홍 선배 주위에는 늘 신문이 있어요!"라고 말하곤 한다. 나는 집에서도 회사에서도 신문을 자주 읽었다. 신문들은 퇴근 후에는 쓰레기통으로 들어가게 마련인데, 나는 스크랩할 기사를 미리 메모해 두었다가 다른 사람들이 다 본 뒤에 신문을 걷어 필요한 기사를 모았다.

그런데 가장 힘들 때는 외국 출장을 다녀온 뒤였다. 일주일 혹은 열흘 씩 해외에 갔다 오면 십여 종의 일간지들이 산더미처럼 쌓여 있었다. 잔뜩 쌓인 신문더미들을 쳐다보면 스크랩이고 뭐고 그냥 내다 버리고 싶은 생각도 들었지만, '저 속에 혹시 내가 찾는 보석이 있으면 어떡하나' 하는 마음에 결국 손을 대고 만다. 몇 날 며칠을 밀린 신문에 파묻혀 지내는 것은 보통 힘든 일이 아니다. 손에 묻은 시커먼 잉크는 닦아도 잘 지워지지 않는다.

어언 30여 년간 스크랩을 하다 보니 각 분야별로 기사를 모은 파일이 수십, 수백 권으로 늘어났다. 부피가 커질수록 보관장소도 점점 부담스러워진다. 하지만 벽면 가득한 신문 스크랩을 보며 이게 바로 내 재산목록 1호이며 아이디어의 샘이라는 생각을 한다.

정년퇴직 무렵, 나의 신문 스크랩 자료를 본 어떤 후배가, 인터넷으로 정보를 공유하는 것이 어떤가 하는 조언을 했다. 노인복지에 관심 있는 사람들이 내가 수집하고 분류했던 자료를 활용하면 좋지 않을까 하는 생각에 아르바이트생과 함께 30여 년 동안 모은 기사들을 엄선했다. 엄선한 옛 기사들을 입력하는 방대한 작업을 거쳐 인터넷 사이트 '홍PD자료실(www.hongpd.net)'을 열었다. 회원으로 가입

**30여 년간 노인·가족 관련 자료 스크랩 분류표**

㉠ – 56

1 가정교육
2 가정문제
3 가정문화
4 가정세미나
5 가정행사
6 가정화목
7 가족
8 가족(아버지)
9 가족갈등
10 가족갈등(고부)
11 가족갈등(부부)
12 가족놀이
13 가족아이디어
14 가족조사
15 가족해외
16 건강(병원프로그램)
17 건강(스트레스)
18 건강(신체질병)
19 건강(심인성질병)
20 건강(암)
21 건강(운동)
22 건강(통계)
23 건강(한방민간요법)
24 건강강좌
25 건강모임
26 건강상식
27 건강상품
28 건강식품 1, 2
29 건강음료, 술
30 건강 책
31 건물조형아이디어
32 결연
33 고령화
34 공경실천
35 공예(명인)
36 공예(일반)
37 관광
38 광고(공익)
39 광고(기업)
40 광고(로고)
41 광고(모집)
42 광고(스포츠)
43 광고(아이디어)
44 광고(인터넷)
45 광고(일반)
46 광고(행사)
47 광고(후원, 자원봉사)
48 교육(교육방법)
49 교육(프로그램)
50 교육(현장)
51 교육(활동)
52 구두쇠(자린고비)
53 그리운 시니어
54 기념품
55 기부(기탁) 1, 2
56 기업복지

㉡ – 4

57 남북
58 노인의 날
59 노후 실태
60 뉴 시니어

㉢ – 1

61 대물림

㉣ – 2

62 레저타운
63 로봇

㉤ – 9

64 마케팅
65 명칭
66 모임(단체)
67 무료일반
68 문화(공간,센터,거리)
69 문화(국내)
70 문화(국외)
71 문화유산

㉥ – 2

72 박물관(국내)
73 법률

㉦ – 78

74 사건
75 사상
76 사진행사(기업, 여행)
77 사진행사(추억)
78 사회복지정책
79 사회운동
80 상담(전화)
81 상품 1, 2
82 생활상식
83 서비스
84 설문조사
85 성 시니어
86 성강좌
87 성교육
88 성문화
89 성박람회
90 성사회문제
91 성상품
92 성서적
93 성아이디어
94 성외국
95 성의학 1, 2
96 성일반
97 성풍속
98 세상의 변화
99 세미나(음식, 문화)
100 소리/시간/신문
101 소식/쌀
102 솜씨보유자(시니어, 일반)
103 솜씨보유자(衣, 食, 主)
104 시니어 건강(노화)
105 시니어 건강상품
106 시니어 광고
107 시니어 교육과정
108 시니어 금융상품
109 시니어 단체(모임)
110 시니어 레저상품
111 시니어 로봇
112 시니어 멋쟁이 1, 2(일반)
113 시니어 멋쟁이 3(레저)
114 시니어 문화
115 시니어 미용
116 시니어 병원

117 시니어 병의학 발표
118 시니어 복지공약(대선)
119 시니어 복지공약(총선)
120 시니어 복지정책 1, 2
121 시니어 사건
122 시니어 산업
123 시니어 상담(전화)
124 시니어 상품
125 시니어 설문조사
126 시니어 세미나
127 시니어 쉼터
128 시니어 시설
129 시니어 실태 1, 2
130 시니어 여가(멋진)
131 시니어 여행상품
132 시니어 운동
133 시니어 음식
134 시니어 이민
135 시니어 이혼
136 시니어 인구
137 시니어 자원봉사
138 시니어 재테크
139 시니어 정보
140 시니어 제언
141 시니어 주택
142 시니어 질환
143 시니어 창업
144 시니어 취업 1, 2
145 시니어 칼럼
146 시니어 컨설팅
147 시니어 타운 1, 2
148 시니어 통계
149 시니어 프로그램 1, 2
150 시니어 행사
151 시니어 TV 프로그램

㉧ – 28
153 아름다운 모습
154 아이디어(교육)
155 아이디어(기업)
156 아이디어(상품)
157 아이디어(외국)
158 아이디어(음식)
159 아이디어(일반)
160 아이디어(재활용)
161 여성
162 여행(국내)
163 여행(국외)
164 여행정보
165 예술
166 외국 시니어(복지정책)
167 외국 시니어(일반)
168 외국 시니어(해외뉴스)
169 외국인 며느리
170 우주/우주인
171 유산/유언
172 인물(교육,서적)
173 인물(기술,발명)
174 인물(수집,전시)
175 인물(의료,종교)
176 인물(일반,예술)
177 아름다움
178 IT와 시니어문화

㉨ – 15
179 자연/재테크/저출산
180 자원봉사/장터
181 장례문화
182 장례상품
183 장수(국내)
184 장수(국외)
185 장수(마을, 인물, 운동)
186 전시박람회(공예, 일반)
187 전시박람회(문화)
188 전통(교육, 예절, 문화)
189 전통(민속관, 예술, 음식)
190 정년(일반, 노후설계)
191 정책/조사 및 통계
192 제언/정보
193 주말농장

㉩ – 7
194 청소년(교육, 실태)
195 체험
196 출판/취업/축제
197 취미
198 치매(예방)
199 치매(일반)
200 치매시설

㉪ – 5
201 카툰/캐릭터
202 칼럼(가정, 세태)
203 칼럼(일반, 문화)
204 캠프(아이디어)
205 캠프(일반, 문화)

㉬ – 4
206 패륜(가정, 사회)
207 펀(Fun)
208 평균수명
209 풍속(일반, 세태, 외국)

㉭ – 19
210 해외토픽
211 행사(문화, 생활)
212 행사(전통, 세계, 기업)
213 행사아이디어
214 효관련법안, 세태
215 효광고
216 효도서
217 효드라마
218 효분석
219 효상품
220 효실천 1, 2
221 효지역/효행인
222 효카드
223 효칼럼
224 효캠페인
225 효캠프
226 효행사

● 30여 년간 모은 홍PD자료실(www.hongpd.net)

하면 누구나 무료로 이용할 수 있다. 노인산업, 노인복지, 노인문제, 효문화, 가족 등에 관심 있는 학생, 일반인, 기업관계자, 단체들은 누구나 활용할 수 있다. 한 가지 바람이 있다면, 내가 없어도 누군가가 고령사회, 노인문화, 가족문화에 관한 자료들을 계속해 수집하고 분류해 필요한 사람들에게 제공해 주었으면 한다.

### 죽으면 청바지 입혀 넣어줘

내 아이디어의 원천을 또 하나 꼽자면 40여 년간 입었던 '청바지'다. 나는 대학생부터 청바지를 입었고 TBC 동양방송에 입사할 때도 청바지 차림이었다. KBS에서 정년퇴임하던 날도 청바지로 정년퇴임식을 했고, 이 글을 쓰고 있는 지금도 청바지 차림이다. 방송국 근무할 때도 아이디어로 고민하는 후배 PD들에게 하던 말이 "청바지 입고 다녀!"였을 정도로 청바지를 애용했고 지금도 입고 있으며 앞으로도 계속 입을 것이다.

청바지가 얼마나 좋으면 "내가 죽으면 관 속에 청바지 입혀 넣어줘!"라고 주위 사람들에게 얘기할까. 내게는 가장 거북스럽고 힘든 자리가 정장을 착용하는 자리이다. 이 글을 쓰며 생각해 보니 지금까지 대여섯 번 정도 정장을 입었던 것 같고 웬만한 모임에는 청바지 차림으로 참석했다. 언젠가 지방의 모 시청에서 '효와 노인복지'에 대한 강의를 해 달라고 했을 때 공직인 KBS에 있어 힘들다고 했었는데, 여러 번 요청이 와 내부 결재를 받고 역시 청바지 차림으로 강의한 적이 있었다. 강의 내용도 그렇지만 특히 정장 차림을 한 강사만 보다가 청바지 차림인 강사를 보니 공무원들의 반응이 신선했다고

퇴임식에도 청바지 차림인 저자

시청 담당자가 전해주었다.

'옷이 날개'라는 말도 있지만 간편하고 활동적인 옷차림은 확실히 생각에 날개를 달아준다. 정장을 입으면 몸도 어딘가 꽉 막히고 생각도 갇힌 것 같다. 청바지는 젊은 에너지를 분출하는 옷이며, 행동과 사고가 자유로워 창의력을 이끌어내는 데 도움이 된다. 신사복이나 정장 모임에서는 창의력 있는 이야기보다는 우아하고 체면치레의 대화가 주를 이룬다. 하지만 청바지 차림은 젊은 생각과 자유로운 사고를 갖게 해 준다.

그래서 어르신들에게도 청바지 차림을 권하고 싶다. 청바지를 입으시라. 청바지에 캐주얼 차림으로 활동하는 노인들이 많아지면 생기가 있고 할 일도 많아진다. 노인들의 청바지 차림은 사회에서 노인을 보는 시각을 바꿔놓을 것이다.

# 퇴직 후, 첫 번째 아이디어 '준데이'

최근 몇 년 사이에 기업들은 '데이' 마케팅에 열을 올리고 있다. 연인들이 초콜릿을 주고받는 밸런타인데이와 사탕을 주고받는 화이트데이가 서양에서 수입되어 젊은이들 사이에 활성화되자 우후죽순으로 특정한 선물을 주고받는 각종 '데이'를 기업들이 만들고 있다.

빼빼로데이가 편의점에서 밸런타인데이나 화이트데이 등 우리나라에 만들어진 70여 개의 데이를 제치고 편의점에서 지난해 최고 매출을 기록해, 데이 마케팅의 성공사례라 할 수 있지만, 한편으로 데이를 기업들이 상업적으로만 접근해 짜증난다고 한다.

연초에 연인들끼리 일기를 선물로 주고받는 다이어리데이(1월 14일), 119가 뜨거운 것을 의미하는 찜질방데이(1월 19일), 3이 겹치는 삼겹살데이(3월 3일), 짜장면데이(4월 14일), 유기농데이(6월 2일), 키스데이(6월 14일), 연인들끼리 은제품을 선물로 주고받는 실버데이(7월 14일), 라면데이(8월 8일), 와인데이(10월 14일), 한우데이(11

월 1일), 가래떡데이(11월 11일)……. 이렇게 우리나라에 70여 개 '데이'가 넘쳐나는 것은 한편 사람들 간에 대화가 단절되어 간다는 것을 의미한다. 대화와 정이 사라지는 자리를 물질로 채우고, 물질을 주고받을 구실로 '데이'가 생겨나는 것이다. '데이'가 젊은이들 사이에 판치는 만큼 국경일과 기념일은 점점 설 자리를 잃어 가고 있다. 국경일은 그저 노는 날로 인식될 뿐이다. 조사에 따르면 초등학생 절반가량이 3·1절, 제헌절 등 국경일의 의미를 모른다고 한다. '어버이날'은 젊은 세대에는 의무감만 안겨주는 부담스러운 날로 인식되고 '노인의 날'은 노인들조차 그런 날이 있었나 할 정도가 되었다.

국경일과 기념일마저 빛바랜 고도성장의 시대에, 역설적이게도 사회를 훈훈하게 할 '새로운 기념일이 필요하지 않을까' 하는 생각에서, 공인적인 성격의 '준데이'를 감히 제안해 본다. '준데이'란 말은 원래 '준다'의 지역 사투리인 '준데이'에서 아이디어를 얻었다. 이는 물건이나 지혜, 경험과 재능을 '준다'는 의미로, '긍정적 어른상'과 '세대 간의 대화'를 더한 것이기도 하다. 또한 영어로 'June+day' 곧, '6월 1일'을 뜻하기도 한다. 그동안 '어버이날'이나 '노인의 날'로 의존적 이미지였던 노인들은, '준데이' 곧 6월 1일을 자신의 재능과 경험, 솜씨, 그리고 지혜를 유감없이 나눠주는 날로서 당당하게 나설 수 있는 날이 될 것이다.

요즘의 '데이'는 기업 마케팅 차원에서 상품을 주고받으라고 의도적으로 만든 날이다. 하지만 준데이는 상업적인 날이 아니다. '준데이'에는, 일반인부터 사업가·연예인·운동선수·사회 저명인사, 그리고 대통령까지 **40대 이상의 어른이라면 누구나 경험과 재능을 주면서 참**

**여할 수 있으며, 10대부터 30대까지라면 누구든지 받으면서 참여할 수 있다.** 어른들은 젊은이가 좋아하는 '무언가'를 주면 되는 것이다. 직접 만든 핸드폰 고리, 목도리, 인형, 장갑, 그림, 만화, (붓)글씨, 짧은 글, 그리고 텃밭에서 키운 채소나 평소에 취미활동으로 해 온 공연 등 정성과 재능이 담겨 있는 어른들 자신의 소박한 것이라면, 돈만 빼고 유형이든 무형이든 모든 게 가능하다. 그리고 잔소리 대신 길든 짧든 인생에 도움이 되는 대화를 나누면 된다. 바로 멘토(mentor)-멘티(mantee)가 성공적으로 탄생되는 것이다.

우리나라에서 '준데이'가 활성화되고 정착된다면 이를 발판으로, 매년 6월 1일을 '세계 효문화의 날'로 만들었으면 한다. 이제 폭발적인 노인인구는 초국가적인 문제이다. 전 세계에 우리 효문화를 한류 차원의 국가 브랜드로 만들어 (초)고령사회를 풀어 가는 데 도움이 되었으면 한다. '준데이'는 가정에 머물던 '효'를 사회적으로 이끌어 내는 최초의  사회적인 효문화 운동이다. '준데이'는 지금까지 회초리로 상징되는 효를 젊은 세대들도 즐겁게 참여하는 신선·발랄·재미있는 수평적 효문화 운동으로 한걸음 나아간 것이다. 아울러 사회적이고 수평적인 효문화 운동의 발화점이 될 공익적인 '준데이'를 국가의 기념일로 제정하는 것이 어떤가 하고 제안해 보고 싶다. 이어 '준데이'가 한국은 물론 세계에서 노인문제를 풀어 가는 하나의 방법으로, 효문화를 벤치마킹하는 장이 됐으면 한다.

2010년 3월, '준데이'를 비롯해 20여 개의 노인 관련 아이디어를 추진하고자 **'미래효문화연구소(www.hyokorea.net)'**를 만들었다. 관심 있는 분의 연락을 기다린다.

### 움직일 수만 있어도 행복하다

방송국 근무 시절, 퇴근 후 시각장애인 시설, 청각장애인 시설, 지적장애인 시설, 고아원, 양로원, 복지관 등 사회복지단체를 찾아 20여 년간 자원봉사를 했다.

어느 날, 시각장애인 시설원장이 뜬금없이 물었다.

"홍 PD 선생님! 시각장애인들의 평생 기도 제목이 무엇인지 아십니까?"

"혹시 바깥에 나가 구경하는 것 아닙니까?"

한번도 생각해 보지 않았던 일이라 적당한 말이 떠오르지 않아, 얼른 이처럼 대답했더니 원장이 빙그레 웃는다.

"그들의 평생 기도 제목은 오직 한 가지예요. 눈을 뜨고 어머니, 아버지 얼굴 한번 보는 것이지요."

청각장애인 시설에 갔을 때도 역시 마찬가지였다. 시설 원장은 청각장애인들의 소원이 딱 한 가지 있는데, 그게 무엇일 것 같냐고 퀴즈를 낸다. 딱히 대답할 말이 없어 우물쭈물하니, 그들의 평생 기도 제목이자 소원은 오직 하나, 입이 트여 '어머니! 아버지!'라고 불러 보는 것이란다.

### 평생 기도제목은 딱 하나!

나는 그 말을 듣자 내 몸이 성한 것 자체가 이루 말할 수 없는 행복

임을 느꼈다. 사지가 멀쩡하고 눈·귀·입이 트여 있어서 어디든 다닐 수 있고 내가 원하는 것은 무엇이든 할 수 있다. 우리는 하루에도 수많은 사람들과 수백, 수천 마디의 이야기를 나누고, 또 보며 사는데, 시각장애인들과 청각장애인들에게는 눈 한번 뜨고 말 한마디 하는 게 평생소원이라니 마음 한쪽이 무거워진다.

수년 전 지적장애인들이 꽃씨를 심는 행사가 있었다. 그저 삽으로 땅을 살짝 파 꽃씨를 넣고, 다시 흙으로 덮고 밟아주면 되는 매우 간단한 일이었다. 보통 아이들이면 한 번만 보고도 쉽게 따라할 수 있는 일이었다. 하지만 그처럼 단순한 작업도 그들을 가르치는 데는 반년이나 걸렸다.

부모들이 보는 앞에서 꽃씨를 심던 날, 반년을 반복해서 배우고 연습했는데도 성공하지 못한 아이들도 있었다. 성공한 아이들의 부모는 "우리 아이 장하다"고 손뼉 치며 기뻐했고, 실패한 아이들의 부모들은 뒤돌아 눈물지었다. 나는 그 광경을 보면서 사지가 멀쩡하다는 것이 새삼 감사했으며, 더불어 우리에게 주어진 사명이 있음을 분명이 느꼈다.

### 나이든 젊은이가 되자!

노인이 되면 기력이 쇠하고 몸도 예전 같지 않다. 물론 다 그런 것은 아니지만 나이가 들면 매 끼니 챙기기도 귀찮아 누가 밥이라도 해

다 줬으면 하는 바람도 생긴다. 젊었을 때 고생했으니 이제라도 대접받기를 바란다. 뜻대로 되지 않아 무기력증에 빠지기도 한다. 그러다 보니 표정과 성격도 변하고 우울감에 젖기도 쉽다.

그러나 생각을 바꿔보자. 말 한마디 해 보는 게 평생소원인 사람들, 어머니·아버지 얼굴 한번 보는 게 평생 기도 제목인 사람들도 있다. 젊을 때만큼은 아니겠지만 조금이라도 움직일 수 있는 몸과 마음이 있다면 감사하자. 젊은 사람들의 버릇없음을 탓하기에 앞서, 노인들이 먼저 일하고 베풀고 이해해 보자. 그러면 가족과 젊은이들은 마음에서 우러나는 공경을 하게 될 것이다.

노인을 스스로 죽이고 '나이든 젊은이'가 되어 살자. 꿈과 미래를 갖고 산다면 여생을 생기 있게 살 수 있다. 그것이 '노인을 죽여야 노인이 산다'는 말의 진정한 의미다.